Dienstfahrt mit Lilien

„Willkommen im Saarland“ las ich auf dem Hinweisschild am Straßenrand. Um Himmels willen, wohin war ich denn jetzt geraten? Ich mußte doch nach Trier und das lag meines Wissens in Rheinland-Pfalz. Hoffentlich war ich nicht irgendwo falsch abgebogen. Die nächste Ausfahrt hieß Nonnweiler. Dem blauen Schild entnahm ich zu meiner Beruhigung, daß ich doch noch auf der richtigen Autobahn war. Ich schaute auf den Tageskilometerzähler: noch keine 50 Kilometer von Kaiserslautern. Ich kam mir vor wie im Ausland. Total in der Fremde.

Dann tauchten vage Erinnerungen auf. Tatsächlich, hier war ich doch schon einmal gefahren. Das war vor knapp sechs Jahren gewesen, kurz nachdem wir von Paderborn aus in die Pfalz gezogen waren. Meine Schwiegereltern hatten uns zum ersten Mal besucht. Trier, hatte der Vater meiner Frau entschieden, war das kulturell Wertvollste in der Umgebung. Also hatten wir einen Tagesausflug dorthin gemacht. Eigentlich war es ganz nett gewesen. Aber ich hatte doch arg unter Streß gestanden, da ich stundenlang Konversation über römische Geschichte und Kultur mit einem humanistisch gebildeten Menschen betreiben mußte, der nicht merken durfte, daß ich mein Wissen zu diesem Thema ausschließlich der Lektüre der gesammelten Werke von Uderzo & Goscinny verdankte.

Danach waren wir nur noch ein einziges Mal von Kaiserslautern aus nach Westen gefahren. Das war vor fünf Jahren gewesen, bevor Pia, unsere erste Tochter, auf die Welt kam. Carmen, meine Frau, war schon schwanger gewesen. Und wir hatten uns einfach einmal ein verlängertes Wochenende in Paris gegönnt.

Mein Gott, war das lange her! Es waren die schönsten Jahre meines Lebens gewesen damals nach Studium und Promotion. Ich hatte zum ersten Mal in meinem Leben ordentliches Geld verdient, jedenfalls schien mir das Gehalt damals beeindruckend hoch. Carmen hatte einen Teilzeit-Job als Lehrerin an einem privaten Gymnasium gefunden. Wir hatten uns eine schöne Altbauwohnung in der Stadt gemietet und eingerichtet. Abends waren wir oft ins Kino gegangen. Zweimal im Jahr waren wir an die Algarve geflogen. Und die restliche Freizeit hatten wir im Schachclub verbracht. Ich spielte in der ersten Mannschaft und gemeinsam organisierten wir die halbjährlichen Turniere – dabei war mein Part der reine Turnierteil, während Carmen mit ihrem Organisationstalent das gesamte Drumherum

von der Öffentlichkeitsarbeit bis zur Bewirtung und zur Preisverleihung managte.
Das Wochenende in Paris war, wenn ich es recht betrachtete, der Wendepunkt gewesen. Danach hatte Carmen aufgehört zu arbeiten und war mütterlich und häuslich geworden. Das Leben drehte sich hauptsächlich um das Kind, dem bald ein zweites folgte. Für Kinobesuche und Schachclub hatten wir keine Zeit mehr. Die Urlaube verbrachten wir bei den Schwiegereltern in Lippstadt. Ich war nun der Ernährer der Familie, dessen Gehalt gerade mal so ausreichte. Und der Schwiegervater ließ mehr als einmal durchblikken, daß meine akademische Karriere seiner Ansicht nach mehr als enttäuschend verlief. Auch wenn er meinem Fachgebiet, der Informatik, ohnehin nichts abgewinnen konnte, war er von der Vorstellung, einen Dr. habil in der Familie zu haben, schon angetan gewesen. Aber damit war es nichts geworden. Ich seufzte. Manchmal sehnte ich mich nach den schönen Anfangsjahren in Kaiserslautern zurück.

Ich zwang mich, zur Gegenwart zurückzukehren. Schließlich war ich dienstlich unterwegs. Daran erinnerte mich penetrant das Blumengebinde auf dem Beifahrersitz, das stolze 150 Mark gekostet hatte. In Vertretung des Geschäftsführers unseres Fachbereichs hatte ich den ehrenvollen Auftrag,

es um 14 Uhr auf dem Friedhof von Rüdenheim abzugeben. Dort wurde heute Volker Huberti, unser langjähriger Mitarbeiter beerdigt.
Volker Huberti, 33, hatte am Fachbereich Informatik seit Jahren als Hilfskraft gearbeitet. Auch nach mittlerweile 28 Semestern waren ein Ende seines Studiums und ein Diplom nicht in Sicht gewesen. In Anbetracht der tragischen Ereignisse sagte natürlich niemand laut, daß die meisten ihn für einen komischen Kauz, mehr noch, daß sie ihn für eine verkrachte Existenz gehalten hatten. Für den Fachbereich war er jedoch absolut unentbehrlich gewesen. Er hatte sich um jeden Rechner, jedes Kabel, jede Leitung gekümmert und allen war klar, daß ohne ihn im technischen Bereich nichts lief, beziehungsweise eben gelaufen war.

Vor knapp einer Woche, am Osterdienstag, hatte Frau Graf, unsere Sekretärin, ihn morgens tot an seinem Schreibtisch in dem kleinen Kabuff gefunden, wo er seinen Arbeitsplatz eingerichtet und wo er anscheinend auch den größten Teil seiner Zeit verbracht hatte. Zuerst hatte sie in Panik einen Notarzt gerufen. Aber der hatte auch nur feststellen können, daß der Tod schon mindestens zwölf Stunden zuvor eingetreten war. Dann kam die Polizei. Alle im Haus wurden ausgefragt. Konnte es ein Unfall gewesen sein? Gab es Anhaltspunkte für einen Suizid? Kam eine natürliche Ursache in Frage? Äußerst unangenehm war das gewesen. Vor allem unser Chef, der Dekan des Fachbereichs, Prof. Zóltan Barenyi, hatte getobt. So etwas durfte einfach nicht vorkommen. Jedenfalls kein Unfall, der ursächlich mit dem Fachbereichsbetrieb zusammenhing, und vor allem kein Suizid, über den geklatscht werden würde. Im vergangenen November erst hatte sich ein Student das Leben genommen. Aber davon hatten Gottseidank nur wenige Insider erfahren. Barenyi hatte allen von Beginn an klar gemacht, daß nur eine natürliche Todesursache in Frage kam. Huberti, das hatten wohl einige, wenn auch nicht ich, gewußt, war herzkrank gewesen. Damit mußte sein Tod zusammenhängen.

Die Staatsanwaltschaft veranlaßte eine Autopsie. Eine deutlich erhöhte Dosis eines Herzmittels wurde im Blut des Toten gefunden. Wie hatte es dazu kommen können? Wieder wurden wir befragt. Seine Tabletten hatte Huberti normalerweise in starkem schwarzem Kaffee aufgelöst zu sich genommen. Sehr unvernünftig, das hatte jeder gefunden. Aber schließlich war das seine Sache gewesen. In solchen Dingen schreibt man an einer Universität unter selbstverantwortlichen Menschen niemandem etwas vor. Dr. Moder, unser Geschäftsführer, hatte entschieden jedes Ver-

säumnis bestritten. Er war für seine Verhältnisse ungewöhnlich heftig geworden, als die Leute von der Polizei etwas von Fürsorgepflicht gegenüber Mitarbeitern erwähnt hatten.
Am Ende stand zur allgemeinen Erleichterung fest: Volker Huberti war, wie er es auch sonst oft getan hatte, während der Ostertage im Haus gewesen. Allein. Niemand hatte ihn gesehen. Vermutlich hatte er seine Tablettendosis erhöht oder auch versehentlich mehrfach Tabletten in seinen Kaffee getan. Ein tragisches Ereignis also, das den Fachbereich vor allem deshalb traf, weil jetzt ganz schnell jemand gefunden werden mußte, der seinen Job übernahm.

Für den Montag der folgenden Woche hatte man, nachdem die Leiche freigegeben worden war, die Beerdigung in seinem Heimatort an der Mosel festgesetzt. Barenyi hatte darauf bestanden, daß der Fachbereich ein Blumengebinde schickte. Und einer mußte persönlich hin, fand der Dekan, und er legte auch fest, wessen Job das war: „Urbanek übernimmt das."
Urbanek, korrekter: Dr. Klaus Urbanek, also ich. Wenn es die Stelle eines stellvertretenden Geschäftsführers gäbe, dann hätte ich sie inne. Irgendwie war ich im Lauf der Jahre in diese seltsame Funktion hineingeraten. Eigentlich hatte ich vorgehabt, mich zu habilitieren. Daneben hatte

ich Lehrveranstaltungen gehalten und – wie andere auch – diverse Aufgaben bei der Betreuung von Studenten und Begleitung von Projekten übertragen bekommen. Peu á peu kamen dann immer mehr Vertretungstätigkeiten für den Geschäftsführer hinzu. Dieser, Dr. Herbert Moder, machte immer alles mögliche, was über seine eigentlichen Aufgaben am Fachbereich hinausging, insbesondere auch für gesamtuniversitäre Zwekke. Er mußte sehr viel reisen – was er auch sehr gerne tat – und vertrat den Fachbereich und die Universität bei allen möglichen Partnerschafts- und Kooperationstreffen weltweit. Irgendwann wurde dann deswegen ein bißchen Geld für den Fachbereich bewilligt, damit Moder im eigenen Hause entlastet werden konnte. Seit drei Jahren wurde von diesem Geld meine Stelle finanziert. Faktisch machte ich zu mehr als 50% Moders Arbeit. Darüber hinaus hielt ich Übungen für die unteren Semester ab und war ansonsten das „Mädchen für alles“ im Fachbereich.

Im Prinzip lag mir das. Ich hatte zwar auch Informatik studiert und anschließend sogar promoviert. Aber um ehrlich zu sein, das war ohne echte Hingabe und Begeisterung geschehen. So hatte ich es auch nicht wirklich bedauert, als sich Stück für Stück herausstellte, daß es mit meiner Habilitation nichts wurde. Die Managementtätigkeit im Wissenschaftsbetrieb machte mir mehr

Spaß und vermutlich entsprach sie auch eher meinen Talenten.
Daß ich nur die zweite Geige spielte, störte mich eigentlich nicht, auch wenn es gelegentlich ärgerlich war. Moder teilte die Tätigkeiten ein. Es gab interessantere, angenehmere und wichtigere – die übernahm er selbst, vor allem, wenn damit Reisen verbunden waren. Die anderen Dinge, die langweiligen, unangenehmen, lästigen, die Alltagspflichten eben, überließ er mir. Dafür hatte ich einen soliden Job mit einigermaßen regelmäßigen Arbeitszeiten und, wenn nicht gerade ein Hiwi tot aufgefunden wurde, eine Arbeit ohne allzu viel Aufregung und Streß.

Inzwischen hatte ich das Dreieck Moseltal erreicht. Ich mußte jetzt gleich von der Autobahn abbiegen und auf der Bundesstraße entlang der Mosel flußabwärts fahren. Zwischen dem vierten und fünften Dorf sollte unterhalb der Weinberge der Friedhof von Rüdenheim liegen. Im Örtchen davor kam ich am Gasthof Huberti vorbei, kurz darauf an einem Elektrogeschäft gleichen Namens. Huberti hießen hier anscheinend viele. Kurz darauf wies ein Schild rechts zum Friedhof. Ich fuhr auf den ausgeschilderten Parkplatz.
Es war zwölf vor zwei. Für zwei Uhr war die Beerdigung angesetzt. Ich fühlte mich unwohl und gehemmt. Beerdigungen waren noch nie meine

Sache. Sah ich ordentlich genug aus? Saß die schwarze Krawatte, die ich mir extra gekauft hatte, richtig? Wo sollte ich mich hinstellen? Wohin sollte ich mit den Blumen? Die Halle war wohl schon voll. Denn draußen standen eine Menge Leute.

Ich stieg aus dem Auto, klemmte mir meine Lilien samt der bedruckten Schleife unter den Arm und ging in Richtung Friedhofshalle. Ich stellte mich ziemlich weit hinten hin und wandte mich wegen der Blumen an einen, der mir einheimisch zu sein schien. "Stelln se dat uff den Waache" oder so ähnlich lautete die Antwort. Dazu erläuterte er noch etwas, was ich überhaupt nicht verstand. Ich komme aus dem Siegerland und verstehe auch nach sechs Jahren in Kaiserslautern noch kein Pfälzisch. Das hier war noch schlimmer. Ich nickte dankbar und sah mich um. Wo war der Wagen, von dem er gesprochen hatte? Ganz auf der anderen Seite. Das schaffte ich nicht mehr.

Die Orgel ertönte, aus dem Lautsprecher konnte man die Stimme des Pfarrers hören. Von der Rede kriegte ich nicht viel mit. Er sagte etwas von „der Heimat und der Familie fremd geworden" und von „Distanz zu seiner Kirche". Ich konnte nicht so recht einschätzen, ob das normal war. Mir kam die Stimmung sehr seltsam vor. Jedenfalls war es nicht so wie bei den wenigen Beerdi-

gungen in meiner Familie, bei denen alle sehr ernst und traurig gewesen waren und sogar ich geweint hatte.
Dann spielte wieder die Orgel. Der Wagen mit dem Sarg gefolgt vom Pfarrer und von einer kleinen Schar von Angehörigen kam aus der Halle und bewegte sich zum Grab. Die meisten von denen, die draußen gestanden hatten, gingen nur ein Stück weit hinterher und betrachteten das Geschehen aus sicherer Distanz. Ich hielt es genauso. Als der Sarg in der Erde versenkt war und der Pfarrer nach seinen letzten Worten den Familienangehörigen die Hand gegeben hatte, löste sich das Ganze schnell, aber doch irgendwie zäh auf. Ich stand da, immer noch mit meinem Gebinde in der Hand. Einige der Vorübergehenden blickten auf das herabhängende Band, auf dem stand „Unserem Mitarbeiter Volker Huberti", darunter „In dankbarer Erinnerung Fachbereich Informatik der Universität Kaiserslautern".
Von der Halle her fuhren Friedhofsarbeiter mit einem Elektrokarren in Richtung Grab. Einige Kränze lagen auf der Ladefläche. Ich machte mich bemerkbar und drückte meine Blumen einem der Arbeiter in die Hand. Er murmelte etwas Unverständliches. Egal, Hauptsache ich war meine Blumen los. Das war's dann wohl. Ich hatte meine Pflicht erfüllt. Für so etwas bekam ich mein BAT IIa. Außerdem gab es – mit den

Blumen konnte ich schließlich nicht im Zug fahren – Kilometergeld für gut 200 km.

Marga

Ich kehrte zum Parkplatz zurück. In der Nähe stand eine Gruppe jüngerer Leute herum. Unter ihnen fiel mir ein Mädchen auf – wohl die erste Person bei dieser ganzen Veranstaltung, die Tränen in den Augen hatte. Sie musterten mich, als ich auf mein Auto zuging. Mit einem Blick auf das KL auf dem Nummernschild sprach mich einer von ihnen an.

„Aus Kaiserslautern? Sie sind wohl der einzige, der von der Uni gekommen ist."

Ob ich der einzige war, wußte ich nicht. Bekannte vom Fachbereich hatte ich allerdings auch nicht gesehen.

„Das kann ich nicht beurteilen", sagte ich deshalb vorsichtig. „Ich bin nur der, der offiziell vom Fachbereich aus hergekommen ist. Herr Huberti war ja seit vielen Jahren Mitarbeiter bei uns am Fachbereich – und da ist es ja auch passiert."

Das Mädchen warf irgend etwas ein, was klang wie: „Was heißt hier: ist es ja passiert?"

Derjenige, der mich zuerst angesprochen hatte, wandte sich noch einmal an mich: „Und Sie sind

der einzige von dem ganzen Laden, der zur Beerdigung gekommen ist?"
Was wußte ich? Es schien so. An einer Beerdigung teilzunehmen, war wohl kein Thema für die meisten. Ich wäre ja auch nicht gekommen, wenn ich nicht eigens dazu beauftragt worden wäre. Und außerdem: Huberti war ein Einzelgänger gewesen. Ich konnte mich nicht erinnern, ihn je mit anderen zusammen gesehen zu haben. Aber um ehrlich zu sein: ich konnte mich überhaupt kaum an ihn erinnern, jedenfalls nicht an ihn persönlich. Alles, woran ich zurückdenken konnte, war seine Funktion gewesen. Wenn etwas nicht klappte, schickte man ihm eine Mail. Und kurz drauf kam eine Mail zurück. Und wenn sich das Problem nicht online erledigen ließ, erschien eine schlurfende, schattenhafte Gestalt, brachte alles wieder in Ordnung und verschwand. Aber das ging die hier ja wohl nichts an.
Also sagte ich in neutralem Ton: „Herr Huberti war, soweit ich das beurteilen kann, nicht sehr kontaktfreudig, jedenfalls nicht innerhalb unseres Fachbereichs. Aber hier", ich ließ meinen Blick über den Friedhof schweifen, „hier waren ja viele Leute. Hier hatte er wohl mehr Freunde als in Kaiserslautern."
„Früher schon", gab mein Gesprächspartner zurück, „aber in den letzten Jahren und vor allem seit dem letzten Herbst ist der Kontakt fast ganz

verlorengegangen. Außer mit Marga – er nickte in Richtung des trauernden Mädchens – hat er mit niemand mehr geredet und mit ihr am Schluß auch nicht mehr."

„So stimmt das nicht", unterbrach ihn Marga. „Ich war es, die Schluß gemacht hat. Und das hätte ich nicht tun sollen." Sie begann wieder zu schluchzen.

Ich wollte nicht weiter ausgefragt werden. Aber ich konnte mich jetzt auch nicht einfach umdrehen und ins Auto steigen. Also war es besser, dem Gespräch eine andere Richtung zu geben.

„Ist das hier immer so bei Beerdigungen?" fragte ich in die Runde. „Ich meine, daß so viele Leute da sind und daß dann alle so schnell weggehen?"

„Oh nein, das war heute nicht normal." Das kam jetzt von dem langen Rothaarigen. „Ach ja, Sie haben davon ja vermutlich kaum etwas mitgekriegt. Wissen Sie, das war eine ganz seltsame Sache heute. Der Volker war nämlich aus der Kirche ausgetreten, ohne daß das hier irgend jemand wußte. Hier bei uns in den Moseldörfern sind alle katholisch." Er blickte in die Runde. „Wir alle auch. Ob man gläubig ist oder nicht, in der Kirche ist man einfach. Das gehört dazu. Als der Pfarrer den Hubertis sagte, daß er den Volker nicht kirchlich beerdigen konnte, war das für die Familie wahrscheinlich noch schlimmer als die Todesnachricht selbst. Und außerdem geht das

Gerücht, daß Volker Selbstmord begangen hat. Das ist hier bis heute eine Todsünde. Es gibt im Dorf immer noch welche, die meinen, so einer gehört gar nicht auf dem Friedhof begraben."
Ich unterbrach. „Aber der Pfarrer ist dann doch noch gekommen?" Ich hatte ihn ja selbst gesehen.
„Ein Pfarrer schon, aber nicht der Richtige. Das war der evangelische aus dem Nachbarort – der hat das gemacht, damit der Volker nicht einfach so verscharrt wird. Aber für die Leute hier war das keine vollwertige Beerdigung. Natürlich waren trotzdem viele Neugierige da. Man muß ja mitreden können. Die, die nicht zur engeren Familie gehören, haben sich aber von den Angehörigen ferngehalten – ich denke, das war denen auch lieber so. Sonst ist das hier ganz anders: mit Kirchengeläut von der Dorfkirche, mit ewigen Beileidsbekundungen am Grab und mit großem Beerdigungskaffee hinterher."
Na ja, ich war evangelisch, mir war der falsche Pfarrer nicht aufgefallen. Jedenfalls wußte ich jetzt ein bißchen besser Bescheid, falls mich wider Erwarten doch jemand am Fachbereich fragen würde, wie es gewesen war.

Es wurde Zeit zu gehen. Ich wollte mich gerade verabschieden. Da kam die Frage, die ich gerne vermieden hätte. Der Kleinste aus der Gruppe

trat auf mich zu und fragte mit, wie es mir vorkam, geradezu aggressivem Unterton: „Und was ist denn Ihre Meinung in der Sache? Hat der Volker sich umgebracht?“
Meine Meinung? Ich hatte keine. Ich war genauso froh wie alle anderen, als es hieß: kein Unfall, kein Suizid. Es handelte sich offenbar um eine Verkettung unglücklicher Umstände. Letztendlich war es wohl ein natürlicher Tod aufgrund eines schwachen Herzens.
Ich spulte die offizielle Version ab. Es habe keine Hinweis auf etwas anderes als einen natürlichen Tod gegeben. Das Problem seien jedoch die Tabletten im Kaffee gewesen. Vermutet würde, daß Herr Huberti die Dosis eigenmächtig verdoppelt habe. Vielleicht habe er dann in Gedanken zweimal was reingetan. Das würde den Befund – mindestens die vierfache Menge – erklären. Etwas dürftig gewiß, diese Hypothese, aber eine bessere Erklärung hätte niemand vorbringen können.
Sie sahen nicht sehr überzeugt aus. Wenn sie kompetentere Informationen von mir erwartet hatten, mußte ich sie enttäuschen. Sie wandten sich zum Gehen.
„Na dann,“ sagte ich. „Auf Wiedersehen – ich muß jetzt auch zurück nach Kaiserslautern.“

Als ich den Schlüssel im Schloß drehte, hörte ich hinter mir ein leises Geräusch. Ich wandte mich um. Volkers Ex-Freundin Marga stand hinter mir. Sie weinte jetzt nicht mehr.
„Entschuldigen Sie, Herr … äh, wie heißen Sie eigentlich?"
„Klaus Urbanek, Mitarbeiter am Fachbereich Informatik. Ich vertrete den Geschäftsführer."
„Herr Urbanek, ich möchte Ihnen mal was sagen. Ich war bis vor vier Monaten mit Volker zusammen. Niemand kennt ihn besser als ich. Ich sage Ihnen: der war nicht so trottelig, zuviel von seinen Tabletten zu nehmen – niemals! Das ist eine Gemeinheit, wenn man das jetzt so darstellt. Und umgebracht hätte er sich erst recht nie. Der ist umgebracht worden. Irgend jemand hat ihm die Tabletten in seinen Kaffee getan."
Mir blieb die Sprache weg. Das hätte ja jemand bei uns aus dem Haus sein müssen. Unmöglich, ein Mord im Kabuff neben meinem Büro.
„Das ist allerdings ein schwerwiegender Vorwurf, den Sie da erheben." Ich versuchte, überlegen und sachlich zu wirken. „So etwas können Sie doch nicht ohne ernstzunehmende Gründe behaupten. Die Polizei hat schließlich alles genau geprüft. Es gab überhaupt keinerlei Verdacht in dieser Richtung."
„Volker war hinter einer Sache her – einer großen Schweinerei. Das hat er mir gesagt." Sie flü-

sterte fast. „Er war sich sicher, er würde ihn kriegen.“
„Wen kriegen?“ fragte ich.
„Ich weiß es nicht“, mußte sie gestehen, „aber es ging um was Großes.“
Mein Gesichtsausdruck verriet ihr wohl, daß ich nicht überzeugt war. Trotzdem versuchte sie es weiter.
„Bitte, prüfen Sie noch einmal alles nach! Bringen Sie heraus, was für einer Sache er auf der Spur war. Versprechen Sie mir das, bitte!“
Was sollte ich sagen? Ich war nicht die Polizei. Und ich hatte auch keine Ahnung, wie ich nachprüfen sollte, mit welchen kriminellen Dingen sich Huberti in seinem Kabuff beschäftigt hatte. Lahm sagte ich: „Ja, ich werde mich erkundigen – aber versprechen kann ich Ihnen nichts.“
„Danke. Und seien Sie vorsichtig!“ Sie blickte mich verschwörerisch an. „Urbanek heißen Sie, stimmt's? Ich rufe Sie an, wenn mir noch was einfällt.“

Datenklau

Die nächsten beiden Tage vergingen im Wesentlichen mit Routinearbeiten. Es war einiges liegengeblieben, weil wir uns mit allen möglichen technischen Problemen, die Hubertis Fehlen ver-

ursachte, herumschlagen mußten. Außerdem war noch eine Menge für das Frühlingsfest des Fachbereichs am Donnerstag der nächsten Woche vorzubereiten und zu organisieren. Das gehörte traditionell zu meinen vornehmsten Tätigkeiten, weil Moder solche Arbeiten haßte. Mittwochs war der Herr Geschäftsführer zu allem Überfluß mal wieder unterwegs bei wichtigen Terminen, so daß ich bis spät nachmittags im Büro sitzen durfte. Ich kam erst um kurz nach sieben nach Hause. Das stimmte Carmen, meine Frau, nicht gerade fröhlich. Die Kinder hatten schon zu Abend gegessen und gingen gerade ins Bett. Bei ihnen konnte ich noch Eindruck schinden, indem ich mit ihnen herumtobte und anschließend eine Gute-Nacht-Geschichte vorlas. Aber die vorwurfsvollen Blicke meiner genervten Gattin waren nicht zu übersehen.
In den letzten Jahren hatte ich mich in solchen Situationen immer mit der hoffnungsvollen Aussicht getröstet, im nächsten Jahr, wenn Moder in Pension gehen würde, seine Stelle zu übernehmen – wenn auch ohne einen Stellvertreter, der mir die Drecksarbeit abnehmen würde. Aber seit Professor Zóltan Barenyi Dekan war, waren meine Chancen drastisch gesunken. Schon als er das Amt des Dekans übernahm, hatte er ziemlich abfällige Bemerkungen über Leute gemacht, die an Hochschulen wie der Gesamthochschule Pader-

born, deren Niveau er in Zweifel zog, studiert und promoviert hatten. Offensichtlich war ich ihm nicht sonderlich sympathisch. Und mir meinerseits verging schon die Freude an der Arbeit, wenn ich wußte, daß der Chef im Hause war und mich in seiner arroganten und herablassenden Art behandeln würde. Es ging gar nicht darum, daß ich nicht bereit war, alle möglichen unangenehmen Arbeiten zu übernehmen, aber er ließ es jedesmal extra so aussehen, als seien es Idiotentätigkeiten für Minderbemittelte, die ‚Urbanek' erledigen durfte – ‚Urbanek' natürlich ohne den Doktor-Titel. Auf den legte ich sonst zwar keinen gesteigerten Wert, aber wenn er, der es niemals versäumte, ‚Dr. Moder' zu sagen, ihn ignorierte, gab es mir jedesmal einen Stich. Deshalb hatte ich in den letzten Monaten begonnen, mich nach anderen Stellen umzuschauen und auch schon erste Bewerbungen für Stellen in Kassel und Erlangen abgeschickt.

Zwischen Carmen und mir hatte das zu einigen Spannungen geführt. Uns fehlte die gemeinsame Zukunftsperspektive. Carmen hatte ja nie vorgehabt, in Kaiserslautern zu bleiben. Sie hatte stets gehofft, daß ich nach den Anfangsjahren und der Habilitation eine feste Stelle irgendwo zwischen Westfalen und Nordhessen finden würde und wir wieder in vertrautere Gefilde zurückkehren könnten. Bis die Kinder kamen, hatte sie 15 Wochenstunden im Angestelltenverhältnis unterrichtet. Aber eigentlich wollte sie schon richtig in den Schuldienst und verbeamtet werden – auch dazu hätten wir nach Nordrhein-Westfalen zurück gemußt.

Als dann aber der damalige Dekan, Prof. Heidelberger, mir die „Moder-Entlastungs-Stelle" anbot und meinte, ich könnte nächstes Jahr dessen Nachfolger werden, stimmte sie schweren Herzens zu. Wir zogen aus unserer Stadtwohnung aus und mieteten ein nettes Häuschen in Uninähe. Zu Pia hatte sich inzwischen Olivia gesellt. Carmen engagierte sich, da sie nun nicht mehr arbeitete, in Krabbelgruppen und im Elternausschuß des Kindergartens. Und ausgerechnet zu dem Zeitpunkt, als sie sich endlich einigermaßen wohl zu fühlen begann, fing ich an, vom Weggehen und von neuer Stellensuche zu reden. Natürlich konnte ich ihren Unmut begreifen. Aber mit ihrem Klagen und Jammern nervte sie mich zunehmend. Unsere Gespräche endeten immer wieder an ein und demselben Punkt. Für Carmen gab es nur zwei Alternativen: entweder ich paßte mich an und tat alles, um den anvisierten Job in Kaiserslautern doch noch zu bekommen, oder wir würden zurückgehen in die Gegend zwischen Dortmund und Kassel, wo ihre Eltern wohnten.

An diesem toten Punkt landeten wir auch an diesem Abend wieder.

„Laß uns doch wenigstens mal in Erlangen vorbeifahren und die Stadt anschauen!" schlug ich vor, stieß aber auf entschiedenen Widerstand.
„Selbst wenn die Stadt schön sein sollte: ich will nicht noch einmal irgendwo ganz fremd anfangen! Es muß doch noch andere Stellen geben."
„Vielleicht wird es ja was mit Kassel." Ich versuchte, die Stimmung vor dem endgültigen Umkippen zu retten.
„Na dann ruf doch dort noch mal an!"
Ich versprach ihr artig, dieses tun zu wollen, und verzichtete darauf, ihr zu erklären, daß ich nicht jeden zweiten Tag nachfragen konnte, ob sie mich in Kassel wollten.
Zumindest gelang es uns, ohne Streit einzuschlafen.

Bei der üblichen Dienstbesprechung am nächsten Morgen fiel mir unter anderem die Aufgabe zu, Volker Hubertis Arbeitsplatz zu räumen. Plötzlich erinnerte ich mich an das halbherzige Versprechen, das ich seiner Ehemaligen gegeben hatte. Ich beschloß, die Gelegenheit zu nutzen, um einmal nachzuschauen, was unser Hiwi eigentlich gemacht hatte, und ob sich Hinweise auf Margas großen Unbekannten finden ließen.
Ich betrat das Kabuff, einen mit Gerätschaften vollgestopften Raum ohne Fenster. Hier hatte Huberti mehr oder minder gelebt. Es fiel mir auf,

daß es nahezu kein Papier im Raum gab – äußerst unüblich für die Uni. Huberti war wohl einer der wenigen Informatiker gewesen, die vom papierlosen Büro nicht nur redeten. Er hatte, das bestätigte Frau Graf, die mir aufgeschlossen und den Schlüssel übergeben hatte, grundsätzlich immer alles in seinem Rechner notiert und selbst für die kleinsten Notizen lieber eine Mail geschrieben, als ihr einen Zettel hingelegt.
Ich überwand meinen Widerwillen und setzte mich an den Arbeitstisch des Verstorbenen. Hubertis Rechner ließ sich nicht starten. Ich schaute nach dem Netzkabel. Es war herausgezogen. Als ich es wieder einstecken wollte, stutzte ich. Alle Verbindungen waren unterbrochen. Einige Schrauben lagen auf dem Tisch. Das Gehäuse war nur locker aufgesetzt und ließ sich ohne weiteres abnehmen. Es bedurfte keiner großen Erfahrung, um zu erkennen, daß sich hier schon vor mir jemand für den Inhalt von Hubertis Rechner interessiert hatte. Die Festplatte war ausgebaut.
Frau Graf war schockiert. Der Schlüssel zum Kabuff hatte seit letzter Woche in ihrem Schreibtisch gelegen. Ihres Wissens hatte niemand diesen Raum betreten. Wir gingen gemeinsam zu Moder, um zu fragen, was wir unternehmen sollten. Der wimmelte uns ab. Am besten wäre es seiner Meinung nach, gar nichts zu tun.

Das sah ihm eigentlich gar nicht ähnlich. Immerhin gehörte der Rechner dem Fachbereich. Frau Graf und ich konnten uns lebhaft erinnern, welchen Aufstand er wegen eines uralten Diaprojektors gemacht hatte, der im letzten Jahr verschwunden war. Vorträge über den verantwortungsvollen Umgang mit öffentlichem Eigentum hatte er uns gehalten und ein Riesenproblem aus der Abänderung des Inventarverzeichnisses gemacht. Aber heute und in dieser Sache war er ganz anderer Meinung.
„Da brauchen wir den Chef noch nicht einmal zu fragen. Für ihn gibt es derzeit nur eins: die Ruhe im Fachbereich wiederherstellen und niemanden aufregen! Vor allem: bloß nicht noch einmal die Polizei einschalten! Das hätten Sie sich doch von alleine denken können!"

Ich schüttelte den Kopf und machte mich an andere Arbeiten. Aber die Sache ließ mir keine Ruhe. Vielleicht hatte Huberti ja noch einen anderen, eigenen Rechner gehabt. Sicher hatte er das. Und vermutlich hatte er den in seiner Bude stehen gehabt. Ob die schon ausgeräumt war?
In Moders Mittagspause suchte ich mir die Telefonnummer von Familie Huberti an der Mosel heraus und rief an. Falls sie Probleme machen sollten, dachte ich mir etwas aus von wegen wichtiger Daten, die im Fachbereich fehlten und

die vielleicht eine Suche in seinem Rechner zuhause lohnend erscheinen ließen. Aber das war nicht nötig. Eine müde und ziemlich desinteressiert klingende Stimme beschied mir, das Zimmer sei noch nicht ausgeräumt und ich könne von ihnen aus gerne suchen. Ich sollte mich nur vorher telefonisch mit der Vermieterin in Verbindung setzen und mich ankündigen.
Ich erkundigte mich nach Hubertis Adresse und der Telefonnummer seiner Vermieterin. Es stellte sich heraus, daß er auf dem Lämmchesberg gewohnt hatte, ganz in der Nähe, ja noch nicht einmal 200 Meter Luftlinie entfernt von dem Haus, in dem wir seit drei Jahren wohnten. Das hatte ich nicht gewußt. Die Vermieterin reagierte ausgesprochen freundlich, äußerte sich allerdings etwas erstaunt darüber, daß schon wieder jemand von der Universität in Herrn Hubertis Zimmer wollte. Aber dagegen hatte sie selbstverständlich nichts. Ich sollte ruhig nach dem Mittagessen vorbeikommen. Wir vereinbarten einen Termin um 14.15 Uhr.
Ich war nicht wirklich überrascht, als ich feststellte, daß auch in Hubertis privatem Rechner die Festplatte ausgebaut war. Ein Mann von der Uni sei dagewesen. Mehr konnte die alte Dame nicht sagen. Sie sah leider sehr schlecht.
Gegen Abend rief ich noch einmal in Rüdenheim an. In der Wohnung sei etwas entwendet worden.

Ob ich etwas unternehmen, gegebenenfalls die Polizei verständigen sollte. Dieses Mal war der Ton deutlich abweisend. Nein, sie wünschten keine weiteren Ermittlungen, weder von meiner Seite noch durch die Polizei. Am Inhalt von Volkers Computer seien sie nicht interessiert. Irgendwelche Freunde von Volker würden in der nächsten Woche die Wohnung ausräumen.

Am nächsten Morgen fing ich noch einmal mit dem Thema an. Zwei ausgebaute Festplatten – das konnte doch kein Zufall sein. Moder erklärte sich bereit, mit Barenyi darüber zu reden. Er hatte ohnehin um elf Uhr einen Termin mit ihm. Als er wieder ins Geschäftsführerzimmer zurückkehrte, war seinem Gesicht anzusehen, daß das Gespräch wenig erfreulich verlaufen war. Zugegebenermaßen sei das eine etwas seltsame Sache, aber was sollte es bringen, da weiter herumzustöbern? Barenyi hatte mehr als deutlich gemacht, daß ich mich besser um meine übrige Arbeit kümmern sollte. Das Thema sei erledigt. Es fehlte nur das Schrödersche ‚Basta!'
Aber mir ging die Sache nicht aus dem Kopf. Als Marga mich auf dem Parkplatz angesprochen hatte, hatte ich ihren Verdacht für reine Spinnerei gehalten. Jetzt nach allem, was geschehen war, war ich mir da nicht mehr so sicher. Irgendjemand hatte es für nötig gehalten, sowohl in Hu-

bertis Kabuff als auch in seinem Zimmer auf eine eher unübliche Weise Daten zu sichern. Und die Reaktion Barenyis und Moders erschien mir äußerst verwunderlich. Erklärbar war ihre Heftigkeit eigentlich nur, wenn es im Zusammenhang mit Hubertis Tod tatsächlich etwas zu verbergen oder zu vertuschen gab.

Um die Mittagszeit wurde es wie stets an Freitagen etwas ruhiger im Gebäude. Moder ging heute als letzter zu Tisch. Ich hatte etwas Ruhe um nachzudenken. Wo konnte ich noch an Informationen über Huberti kommen? Die einzige erfolgversprechende Möglichkeit, die mir in den Sinn kam, bestand darin, mich bei anderen, wenn möglich älteren Studenten zu erkundigen. Wo würde ich am Freitag Nachmittag noch welche von ihnen finden? Mir fiel die Fachschaft ein. Also ging ich den Gang hinunter ins Fachschaftszimmer. Dort wurde gerade eine Runde Uno gespielt. Die Gesichter hatte ich schon gesehen. Vermutlich hatten sie alle an der einen oder anderen meiner Übungen teilgenommen. Aber mit Namen kannte ich keinen von den Spielern. Ich fragte deshalb allgemein in die Runde, ob jemand da wäre, der Volker Huberti gut gekannt hätte.
„Volker Huberti?“ gab einer zurück. „Gekannt hat den jeder, aber ob ihn jemand gut gekannt hat, weiß ich nicht. Von uns Jüngeren jedenfalls

nicht. Der war irgendwie noch aus einer anderen Generation, wenn Sie verstehen. Früher, da hat er hier anscheinend viel gemacht. Aber das war auch eine ganz andere Fachschaft damals."

„Vielleicht sollten Sie mal mit Peter Mallot reden," meinte sein Nachbar. „Der ist, glaube ich, der letzte aus der alten Garde, der hier noch verkehrt. In der Regel kommt er um halb drei auf einen Kaffee."

„Warum interessieren Sie sich denn für Volker Huberti?" Der dritte Spieler schaute mich an.

Ja, warum fragte ich? Was erhoffte ich mir? Ich konnte den dreien hier schließlich nichts von Margas Mordtheorie erzählen. Ich war ein bißchen zu spontan gewesen, als ich meinem Impuls folgte, im Fachschaftszimmer nachzufragen. Ich hätte mir vorher eine gute Begründung überlegen sollen. Dafür war es zu spät. Irgend etwas mußte ich jetzt vorbringen.

„Ach," sagte ich, „ich räume zur Zeit seinen Arbeitsplatz ab. Er hat ja unheimlich viel für uns gemacht und das seit Jahren. Aber gekannt habe ich ihn eigentlich gar nicht. Das ist mir allerdings erst so richtig aufgefallen, als er tot war. Irgendwie hat mich das schockiert. Und jetzt würde ich doch gerne etwas mehr über ihn erfahren. Was für ein Typ er war und so. Wenigstens im Nachhinein."

Ich war erstaunt über mich. Ich meinte wirklich, was ich sagte. Wenn man einmal außer acht ließ, daß erst Volkers Ex-Freundin mich zum Nachdenken gebracht und die Reaktion von Barenyi auf das Verschwinden der Festplatten mich in meiner Neugier nur bestärkt hatte, hatte ich ihnen die Wahrheit gesagt. Sie guckten erstaunt.
„Was für ein Typ er war?" Nummer eins wiederholte meine Frage. „Ein seltsamer Typ auf alle Fälle. Ein Freak, ein Hacker, ein Spinner – ehrlich gesagt. Sie hätten mal seine Verschwörungstheorien über Ostagenten und Industriespionage anhören sollen. Aber technisch und programmiermäßig konnte man immer noch was von ihm lernen. Wenn Sie aber ernsthaft Genaueres wissen wollen, fragen Sie am besten den Peter!" Sie wandten ihre Aufmerksamkeit wieder ihrem Kartenspiel zu. Es kam mir etwas blöd vor, ihnen dabei zuzuschauen. Deshalb ging ich für zehn Minuten hinüber in mein Zimmer.

Als ich um halb drei wieder ins Fachschaftszimmer kam, war Peter Mallot schon da. Die Kartenspieler hatten ihm schon gesagt, was ich wollte. Sie packten ihre Sachen und ließen uns allein.
„So, so, Sie wollen also etwas über Volker wissen," begann er das Gespräch. „Was genau interessiert Sie denn?"

Ich hatte eigentlich nicht vorgehabt, gleich mit der Tür ins Haus zu fallen und ihn nach möglichen Gründen für das Verschwinden der Festplatten zu fragen. Ich druckste also erst mal ein bißchen herum.

„Ja, wenn ich das so präzise sagen könnte! Ich habe schon den anderen gesagt, daß ich eigentlich ganz allgemein etwas über Herrn Huberti, äh Volker" – hier erschien mir das ‚Herr Huberti' plötzlich unpassend – „in Erfahrung bringen möchte. Ich habe ihn sechs Jahre lang fast täglich gesehen. Aber – Sie werden's kaum glauben – ich hatte keinerlei persönlichen Kontakt zu ihm. Ich wußte nicht einmal, daß er ganz in unserer Nähe wohnt. Er war einfach nur der Herr Huberti, der alle unsere technischen Einrichtungen in Schuß hielt. Und jetzt, wo er gestorben ist, bin ich sozusagen neugierig geworden."

Peter schien mir das abzunehmen.

„Das ist doch, glaube ich, ganz normal. Hier wird studiert und gearbeitet. Aber persönlicher Kontakt ist für den Betrieb nicht nötig. Vielleicht wäre er sogar hinderlich. Bei Volker ist Ihnen das jetzt aufgefallen. Aber meinen Sie nicht, daß es Ihnen genauso ginge, wenn einer der anderen Hiwis gestorben wäre? Kennen Sie einen von denen irgendwie persönlich?"

„Na, ja", diesen Vergleich fand ich nicht ganz passend. „Volker spielte schon eine besondere

Rolle. Er war ja nicht irgendein Hiwi, sondern sozusagen der Garant für das technische Funktionieren dieses Fachbereichs."

Peter nickte zustimmend. „Genau. Sie sagen es ja selbst. Um das Funktionieren dieses Ladens ging es und um sonst nichts. Und Volker spielte dabei eine Rolle. Die war wichtig. Nicht der Mensch Volker Huberti."

Er wirkte fast aufgebracht. „Genau das ist auch der Unterschied zu früher, als wir hier angefangen haben. Ich habe ein Jahr nach Volker hier begonnen." Er machte eine kurze Pause und sah mich an. Er deutete meinen Gesichtsausdruck richtig. „Sie haben gerechnet. Ja, ich bin jetzt auch schon 34 und im 26. Semester. Aber ich werde wohl noch ein Diplom hinkriegen, bevor das 30. kommt. Im Moment ist mein Hauptproblem, daß ich in meinem Programmierjob zu viel arbeite. Meinem Chef wäre es, glaube ich, am liebsten, wenn ich gleich Vollzeit schaffen würde. Er würde mich auch ohne Abschluß nehmen. Aber das will ich nicht."

Er besann sich wieder auf sein Thema. „Damals, in der zweiten Hälfte der 80er Jahre war alles noch ganz anders. Wir waren einerseits politischer, andererseits aber auch persönlicher, familiärer. Wir haben uns noch über Atomkraftwerke aufgeregt oder bei der FIFF mitgemacht, um als Informatiker etwas für den Weltfrieden zu tun.

Heute geht's den allermeisten nur noch um's Geldverdienen. Schnell studieren und dann ab in die Industrie. Na, ja. Aber solche Geschichten aus der guten alten Zeit sind es wohl nicht, was Sie von mir hören wollen."

Ich nickte vorsichtig. In den von ihm so genannten guten alten Zeiten hatte ich selber studiert. Aber ich war wohl damals schon so gewesen wie die meisten heutigen Studenten: angepaßt, brav, unpolitisch und im Grunde desinteressiert. Ich war so oft wie möglich zu Hause gewesen, hatte nie an irgendeiner Wahl teilgenommen, weder als Wähler noch gar als Kandidat. Und zu politischen Gruppen oder auch nur zur Fachschaft hatte ich nie Kontakt gehabt.

„Sie wollen wahrscheinlich eher wissen, wie Volker in der letzten Zeit war. Die Leute, mit denen wir damals studiert haben, sind alle weg. Ich bin jetzt, nachdem Volker nicht mehr da ist, wirklich der letzte Mohikaner." Er grinste. „Volker ist immer sonderbarer geworden. Bei ihm ist die Entwicklung einfach stehengeblieben. Er hat überhaupt keine Perspektive entwickelt, was er mal weiter machen wollte. Er hat hier seinen Job gehabt und ansonsten immer mehr in seiner Phantasiewelt mit Spionen und Agenten gelebt. Selbst mit mir hat er nicht mehr viel geredet. Und meistens war ich auch froh drum. Es war ziemlich nervig, seinen Verschwörungstheorien zuzuhören. Einer großen Spionage-Sache war er seiner Überzeugung nach auf der Spur. Aber keiner hat ihm das abgenommen."

Einer großen Sache auf der Spur – und wenn da doch was dran gewesen war? Genau davon hatte Marga auch geredet. Ich entschloß mich, Peter mehr zu erzählen. Er war im Moment sowieso der einzige, mit dem ich reden konnte.

„Peter," ich ging ohne groß nachzudenken zum Du über, „Du hast natürlich recht. Das alles klingt äußerst phantastisch. Aber eines hat mich irritiert. Als ich in Volkers Kabuff aufräumen wollte, war die Festplatte aus seinem Rechner ausgebaut. Und als ich in seinem Zimmer nachgeschaut habe, war auch dort die Festplatte weg. Angeblich war jemand von der Uni da, der sie ausgebaut hat. Aber hier weiß keiner etwas davon und alles, was ich höre, ist, daß ich mich nicht weiter darum kümmern soll."

Peter schaute erstaunt. Er wollte gerade etwas sagen, da ertönte ein Räuspern von der Tür her, die wie üblich halboffen stand.

Barenyi stand in der Tür: „Urbanek – ich würde Sie gerne umgehend im Zimmer von Dr. Moder sprechen!"

Ich sah Peter an. „Sorry. Da muß ich wohl gleich hin. Ich melde mich, wenn ich noch mal Zeit habe. Sag mir mal schnell deine Mail." Ich notierte mir P.Mallot@informatik.uni-kl.de und ging in

Richtung Dekanat. Das war unangenehm. Was mußte dieser Typ ausgerechnet jetzt am Fachschaftszimmer vorbeischleichen.
In Moders Büro wurde ich schon erwartet. Barenyi war offensichtlich wütend. Seine Stimme war eisig.
„Bis vor fünf Minuten dachte ich, davon ausgehen zu können, daß Sie verstanden hätten, was Dr. Moder Ihnen vorher mitgeteilt hat, Urbanek. Es gibt hier reichlich Arbeit für Sie. Und Sie werden nicht dafür bezahlt, im Fachschafts-Zimmer Detektiv zu spielen und Interna auszuplaudern. Dies ist, Herr Urbanek, – und deshalb ist es auch wichtig, daß Herr Dr. Moder dabei ist – eine ernsthafte Ermahnung. Ich werde nicht dulden, daß Sie hier die Leute durcheinanderbringen und Unruhe stiften."
Wow – was ein Ton! Zugegeben, ich mochte Barenyi nicht und empfand es fast immer als unangenehm, wenn er mit mir sprach, beziehungsweise mir Anweisungen erteilte. Aber so eine schneidende Schärfe im Ton hatte ich noch nicht bei ihm gehört.
Ich stand bedröppelt da. Moder verabschiedete sich hastig. Die Situation war ihm offensichtlich unangenehm. Ich ging ins Vorzimmer.
„Was ist denn mit dem Zigeunerbaron los?" fragte ich Frau Graf.

Sie wußte es auch nicht. Aber sie hatte den Eindruck, daß alles, was mit Volker Huberti zu tun hatte, den Chef sehr aufregte. Ansonsten riet sie mir, ein bißchen mehr auf meine Wortwahl acht zu geben.
„Zigeunerbaron hört er gar nicht gern, das wissen Sie doch," flüsterte sie. Sie legte die Hand ans Ohr. „Manchmal haben hier die Wände Ohren. Das haben Sie doch gerade mitgekriegt."
„Aber das sagt doch jeder," wandte ich ein.
Den Spitznamen Zigeunerbaron hatte Barenyi seit etwa drei Jahren. Damals hatte er in etwas angeheitertem Zustand auf einer Feier angesichts der adligen Namen im Fachbereich erklärt, in seinen Adern flösse mehr blaues Blut aus altem ungarischem Adel als bei sämtlichen ‚Von Soundsos' der Universität zusammen. Die meisten benutzten aber, wenn sie von ihm sprachen, sicherheitshalber die Abkürzung ZB, die im Zweifelsfall auch für Zóltan Barenyi stehen konnte.
„Mag sein," meinte Frau Graf, „aber speziell Sie sollten vorsichtig sein. Glauben Sie mir, er wird es sonst gegen Sie verwenden. Und Sie haben derzeit eh nicht die sicherste Position. Mir persönlich tut das leid. Aber es ist nun einmal so."
Die liebe Gräfin. Sie mochte mich, das wußte ich. Aber helfen konnte sie mir natürlich auch nicht.

Nachdem auch Frau Graf gegangen war, setzte ich mich an meinen Schreibtisch. Ich mußte versuchen, Klarheit über meine Zukunft zu gewinnen. Daß die Perspektive Kaiserslautern mehr oder minder ausfiel, war schon in den letzten Monaten immer deutlicher geworden. Nach dem Krach mit dem Zigeunerbaron heute war das so sicher wie das Amen in der Kirche. Also wohin dann?
Ich mußte unbedingt eine brauchbare Stelle finden. Kurz entschlossen machte ich den Brief mit den Bewerbungsunterlagen postfertig, die ich schon in der vergangenen Woche für eine Stelle in Passau ausgefüllt hatte. Von dieser Bewerbung wußte Carmen nichts. Als nächstes nahm ich mir vor, doch noch einmal in Erlangen und Kassel, wo ich Bewerbungen laufen hatte, nachzuhaken. Jetzt um diese Uhrzeit würde ich allerdings an den Unis kaum mehr jemanden erreichen. Ich versuchte es trotzdem.
In Kassel hatte ich Glück. Ich erwischte tatsächlich noch meinen Freund, der bis vor zwei Jahren in Kaiserslautern gearbeitet und der mir den Tip für die Bewerbung gegeben hatte. Es sah nicht gut aus, wußte er. Irgendein Professor war mit Barenyi auf einer Tagung zusammengetroffen und hatte sich daraufhin eher negativ über meine Qualifikation geäußert.
Barenyi, was für ein Schwein war er doch!

Mein Bekannter in Erlangen war weder in der Uni noch zuhause. Ich hinterließ auf seinem Anrufbeantworter meine Telefonnummer.
Dann rief ich kurzentschlossen meinen Freund Georg in Graz an. Er hatte sich ein paar Wochen zuvor bei mir gemeldet, um mir zu sagen, daß die dortige Technische Universität einen Geschäftsführer für einen ihrer Fachbereiche suchte und aus diversen Gründen einen auswärtigen Bewerber bevorzugen würde. Ich erinnerte mich noch sehr gut an das Gespräch.
„Graz," hatte ich gesagt, „liegt doch etwas arg weit außerhalb der Welt."
„Kaiserslautern etwa nicht?" hatte er zurückgefragt.
„Da magst du recht haben", hatte ich zugeben müssen, „aber Carmen ist das nicht zu vermitteln. Die würde durchdrehen, wenn ich von ihr verlangen würde, noch einmal in einer fremden Welt neu anzufangen. Wenn es nach ihr ginge, sollte ich mir einen Job zwischen Kassel und Dortmund suchen und mit ihr zu ihren Eltern nach Lippstadt ziehen."
Georg kannte Carmen. „Hast ja recht," meinte er. „Aber Graz hat mehr Vorzüge, als du glaubst. Das ist nicht irgendeine Provinzstadt. Das ist die zweitgrößte Stadt Österreichs mit ungefähr soviel Einwohnern wie Lippstadt, Paderborn und Kai-

serslautern zusammen, und etwa dem Zehnfachen an Geschichte und Kultur.“
Ich hatte gestaunt. Offen gesagt, ich hatte mir eher eine beschauliche Kleinstadt mir Kühen und Almen drumherum vorgestellt.
„Kommt doch einfach einmal zu Besuch,“ hatte Georg vorgeschlagen. „Vielleicht gefällt es Euch ja.“
„Danke für die Einladung“ hatte ich zurückgegeben. „Aber ich halte das wirklich für chancenlos.“
Eigentlich hatte ich gedacht, das Thema wäre damit erledigt. Jetzt merkte ich, daß der Vorschlag doch eine gewisse Attraktivität gehabt hatte. Vielleicht allein schon deswegen, weil Graz optimal weit weg war von Lippstadt. Denn ganz im Gegensatz zu Carmen legte ich keinen besonderen Wert darauf, in der Nähe meiner Schwiegereltern zu leben. Aber Carmen für Graz zu interessieren, war mit Sicherheit ein hoffnungsloses Unterfangen.
Georg war tatsächlich zuhause.
„Hallo, wie geht's?“ fragte ich. „Sag mal, ist die Sache mit der Geschäftsführerstelle noch aktuell?“
Sie war noch aktuell. Georg riet mir allerdings, mich schleunigst zu bewerben. Ende Mai sollte der Auswahlausschuß, dem übrigens auch er angehörte, tagen.

Ich blieb noch eine Weile sitzen und dachte so vor mich hin. Plötzlich fiel mir siedend heiß ein, daß ich längst daheim erwartet wurde. Carmen ging freitags seit neuestem zum Tai-Chi, und ich hatte versprochen, die Kinder zu übernehmen.

Zukunftspläne

Ich eilte im Sturmschritt nach Hause und kam etwas außer Atem an. Carmen war sauer, aber da sie wenigstens noch halbwegs rechtzeitig zu ihrer Schattenboxerei oder was immer es war, was sie da machten, kommen wollte, sagte sie gleich Tschüß. Ich wurde erst einmal stürmisch umarmt von meinen beiden Töchtern, die auf mir herumhopsen wollten und ungeheuer Wichtiges von ihren Kindergarten-Freundinnen zu berichten hatten. Wenigstens gelang es ihnen, mich für die nächste Stunde am Grübeln zu hindern.

Kurz nachdem die beiden endlich in ihren Betten eingeschlafen waren, kam Carmen heim. Nun ließ sich das leidige Thema Zukunft nicht mehr vermeiden.

„Klaus, wir müssen bald Entscheidungen treffen – bleiben wir oder ziehen wir weg?“ Carmen kam ohne Umschweife zur Sache. „Was ist mit der Stelle in Kassel?“

„Kann ich noch nicht sagen. Wenn du mich so fragst, sieht es mit der in Erlangen besser aus?"
„Das ist aber immer noch so weit weg von Lippstadt," jammerte sie. „Wo die Mädchen doch so an ihren Großeltern hängen."
Die Mädchen vielleicht, aber ich gewiß nicht. Das sagte ich aber besser nicht. Ich machte nur ein sorgenvolles Gesicht.
„Und was ist mit hier? Du weißt, ich wollte nie nach Kaiserslautern. Aber nun haben wir uns doch ein bißchen eingelebt, vor allem die Mädchen. Sie haben Freundinnen gefunden. Und ich habe über ihre Kindergartenbekanntschaften inzwischen doch auch schon einen ganz netten Bekanntenkreis."
Gottseidank hatte sie den mittlerweile. Aber mein Fall waren die neuen Freundinnen nicht. Von den zugehörigen Papis hatte ich noch keinen kennengelernt.
„Du weißt, Klaus, noch ein Jahr und dann geht für Pia die Schule los. Ich will wissen, wo wir die nächsten Jahre leben werden. Wann geht denn der Moder endlich? Und wie sicher kriegst du die Stelle?"
Was sollte ich sagen? Daß meine Chancen heute Nachmittag wohl endgültig auf Null gesunken waren? Daß ich, wenn ich hier Geschäftsführer werden wollte, hoffen mußte, daß Moder noch mindestens bis Herbst 2002 bleiben würde, was

er aber nicht vorhatte, weil erst im nächsten Sommer die Amtszeit von Prof. Barenyi als Dekan ablief?
Ich äußerte mich etwas skeptisch und unbestimmt. Als ich vorsichtig andeutete, daß ich mittags Ärger mit dem Zigeunerbaron gehabt hatte, regte sie sich trotzdem fürchterlich auf. Ich berichtete ihr in einer etwas geschönten Version von den Ereignissen.
Carmen hatte kein Verständnis. „Jetzt tu doch wenigstens einmal etwas dafür, daß du beruflich vorankommst! Laß doch diesen Quatsch mit den Nachforschungen wegen diesem Hiwi! Wie stellst du dir denn vor, daß es weitergehen soll?"
Sollte ich ihr sagen, daß ich alles gerade andersherum sah wie sie? Daß ich am liebsten möglichst weit weg von Lippstadt und den ‚lieben Schwiegereltern' leben wollte, die mich jedesmal spüren ließen, daß ich es außer zu einem Doktortitel zu nichts gebracht hatte, was ihrer Tochter wert gewesen wäre? Sollte ich ihr sagen, daß ich mich entschieden hatte, mich in Passau zu bewerben, wo einer meiner nettesten Studienkollegen inzwischen Professor war? Sollte ich ihr etwas von meinem Anruf in Graz heute sagen?
Nein – das alles sagte ich ihr nicht. Ich redete mich lahm heraus, daß das alles immer so lange dauern würde, daß ich noch nicht durchblickte,

daß Moder sich noch nicht entschieden hätte, daß er das auch gar nicht müßte und so weiter. Carmen hat jedoch noch mehr auf Lager: „Jetzt sind gerade zwei Häuser hier in der Nachbarschaft zu verkaufen. Eine alte Frau ist gestorben, eine zweite geht ins Altersheim. Das eine, größere wäre ideal für uns, das kleinere nicht ganz so, dafür kostet es aber auch nur 320.000. Ich habe schon mit Paps telefoniert."
Wie ich das haßte: Paps, so ließ er sich auch von seinen Enkelkindern nennen. Im Gegensatz zu meinen Eltern, die eben ganz normal Oma und Opa waren. Aber sie standen ohnehin total im Schatten von Carmens Eltern, die sich immer vordrängten. Das war jedenfalls mein Empfinden. Sie selbst und Carmen sahen das natürlich ganz anders.
„Paps kommt ja morgen früh."
Oh je, das hatte ich verdrängt!
„Wir können dann zusammen mal die beiden Häuser angucken. Und er hat zugesagt, uns unter die Arme zu greifen: 160.000 Mark könnte er auftreiben. Das wäre ja schon mal die Hälfte."
Carmen klang begeistert. Ich war es keineswegs. 160.000 Mark – so viel und sogar noch etwas mehr hatte ich letzten Sommer auch gehabt. Bis der Kurs der Safetech-Aktie ins Bodenlose fiel. Für 2.000 Mark hatte ich Aktien dieser Firma gekauft, die einer aus unserem Fachbereich gegrün-

det hatte. Innerhalb von zwei Jahren waren daraus 165.000 geworden. Ich hatte schon so schön geträumt: noch einmal den Wert verdoppelt – und das sah bei der Entwicklung des Neuen Marktes durchaus realistisch aus – und wir hätten uns ein Häuschen leisten können. Nun war mein Paket gerade noch einen knappen Tausender wert. Ich wollte kein Haus von Schwiegervaters Gnaden!
Ich behielt meine Gedanken für mich. „Okay," sagte ich stattdessen, „wir können uns das günstigere Haus ja mal anschauen – und wegen Erlangen und Kassel hake ich noch mal nach, damit wir uns bis Ende des Monats im Klaren sind, was wir machen."
Das war zwar völlig illusorisch, aber was sollte ich denn sonst sagen? Carmen war erst einmal zufriedengestellt. Außerdem freute sie sich ganz im Gegensatz zu mir auf den Besuch von Paps. Sie erinnerte mich aber sicherheitshalber noch daran, daß ich den Mädchen versprochen hatte, mit ihnen ins Wildgehege auf dem Betzenberg zu gehen und die kleinen Wildschweine und Häschen zu besuchen.
So konnte ich mich in Richtung Bett davonmachen. Schließlich würden uns – Samstag oder nicht – die lieben Kleinen spätestens um sieben wecken.

Paps war gegen zehn Uhr da und wurde mit großem Hallo begrüßt. Ich war erst einmal abgemeldet. – Im Gegensatz zu früher konnte ich das durchaus genießen. Mir reichten die wenigen Gelegenheiten nach dem Essen oder abends, wenn wir bei einem gepflegten Glas Wein („Aber trink nicht so viel, Klaus!") zusammensaßen und er mir mit spitzen Bemerkungen seine intellektuelle und kulturelle Überlegenheit demonstrierte.
Vormittags schauten wir uns gemeinsam die beiden Häuser an. Das größere war natürlich Carmens Traum. Aber das andere war auch ganz nett. Carmen und Paps schmiedeten Pläne. Ich bemühte mich, soweit ich überhaupt ins Gespräch einbezogen wurde, in meinen Aussagen unverbindlich zu bleiben. Schließlich wußte ich, daß das Haus nie ernsthaft zur Debatte stehen würde – wenn der Zigeunerbaron woanders schlecht über mich sprach, würde er mich hier erst recht zu verhindern wissen, sogar dann, wenn er nicht mehr Dekan war. Aber ich konnte das hier und jetzt nicht ansprechen. Nicht, wenn Paps dabei war!
Als nächstes ging es um die Finanzierung.
„Bis euer Bausparvertrag zuteilungsreif wird, dauert das ja noch eine ganze Weile", sagte Paps. „Ich habe Carmen schon am Telefon gesagt, daß ich ihr 160.000 Mark zur Verfügung stellen kann. Ist denn bei deinen Eltern was drin?"

Das glaubte ich nicht. Aber ich bot an, demnächst einmal nachzufragen.
„In dem Haus muß allerhand gemacht werden," sagte Paps. „Je mehr man da in Eigenarbeit leistet, um so günstiger wird's. Wir haben damals fast den gesamten Innenausbau selbst gemacht."
Nein, ich konnte mir nicht vorstellen, sehr viel in Eigenarbeit zu leisten. Meine Heimwerkertalente beschränkten sich darauf, Rauhfaser an Wände zu kleben und Dispersionsfarbe darüberzustreichen. Das hatte ich als Student bei diversen Umzügen gelernt.
„Ja, das scheint mir derzeit tatsächlich der kleinste, nein der einzige gemeinsame Nenner aller sich akademisch nennenden Studiengänge zu sein," sagte Paps und erging sich in abfälligen Bemerkungen über das Niveau heutiger Hochschulabsolventen im Allgemeinen und das der Referendare an seiner Schule im Besonderen.
Ich ließ ihn reden. Er konnte ja nicht wissen, daß die Entwicklung schon wieder weiter fortgeschritten war und er schon längst nicht mehr auf dem neuesten Informationsstand bezüglich der Fähigkeiten der künftigen Akademiker war. Hier in Kaiserslautern jedenfalls konnte nur noch eine Minderheit tapezieren und streichen. Bei den meisten kamen zu dieser Gelegenheit Papa und Mama angefahren und erledigten das für den Sohn oder die Tochter. Eine entsprechende Be-

merkung lag mir schon auf der Zunge, da schluckte ich sie wieder hinunter. Schließlich hatte ich schon 1989 erlebt, wie ein Vater seiner Tochter den Umzug gemacht und das Appartement eingerichtet hatte – inklusive des Aufhängens der Bilder an der Wand. Und dieser Vater war eben Carmens Paps gewesen.

Am Nachmittag sollte der versprochene Ausflug in den Wildpark stattfinden. Ich hatte allerdings nicht bedacht, daß der 1. FCK ein Heimspiel hatte. Parken und Spazierengehen auf dem Betzenberg waren nicht drin. Paps nutzte die Gelegenheit, um sein Unverständnis darüber zum Ausdruck zu bringen, daß ich, obwohl wir in Kaiserslautern wohnten, vom Fußball nichts verstand, ja daß ich nicht einmal informiert war. Er wußte jedenfalls immer, wo Borussia Dortmund oder auch die Arminia aus Bielefeld gerade in der Tabelle standen und gegen wen sie zu spielen hatten.

Ich versuchte verzweiflungsvoll, ihm zu erklären, daß es unter Informatikern normal war, sich nicht für Fußball zu interessieren. Bei den Maschinenbauern vielleicht oder bei den Bauingenieuren, da mochte das schon eher der Fall sein. In unserem Fachbereich jedenfalls hatte niemand, den ich kannte, getrauert, als Kaiserslautern vor ein paar Jahren aus der Bundesliga abgestiegen war. Und es war auch keiner, den ich kannte, ausgeflippt, als sie zwei Jahre später Meister wurden. Wir lebten in einer eigenen Welt, die mit der Welt der Menschen in der Stadt nur sehr wenig gemein hatte.

Glücklicherweise fuhr Paps am Sonntagabend wieder nach Lippstadt zurück. Ich hatte schon befürchtet, er würde bis zum 1. Mai ein verlängertes Wochenende bei uns zubringen wollen. Aber zu Carmens Leidwesen mußte er Abiturarbeiten korrigieren.

Ich brauchte den Montag dringend, um liegengebliebene Arbeiten zu erledigen. Und da Carmen für den 1. Mai ein Picknick mit zwei Freundinnen, ihren neuesten Jogging-Bekanntschaften, und deren Kindern vereinbart hatte, würde ich mich auch am Feiertag in die Uni absetzen können.

Am Montag Abend rief mich mein Bekannter aus Erlangen an. Keine gute Empfehlung aus Kaiserslautern, hatte er läuten hören – von wem das sein konnte? Ich wußte es: der Zigeunerbaron, das Schwein – wenn er mich schon nicht leiden konnte, hätte er mich doch wenigstens wegloben können, wie das bei anderen auch geschehen war.

Frühlingsfest

Der Mittwoch und der Donnerstag standen für mich ganz im Zeichen des traditionellen Fachbereichsfestes. Vor Jahren hatte der damalige Dekan, Professor Hartmann die wirklich gute Idee gehabt, auf die allgemein übliche Weihnachtsfeier zu verzichten und stattdessen für die Professoren, die wissenschaftlichen Mitarbeiter, die Sekretärinnen sowie für die Doktoranden und Hiwis des Fachbereichs ein Frühlingsfest zu veranstalten. Dieses fand jeweils in der ersten Mai-Woche in der Mensa statt. Professor Hartmann, der inzwischen Emeritus war, hatte das Fest stets mit einer kurzen launigen Rede begonnen. Danach gab es gutes Essen und reichlich zu trinken. Zwischendrin spielte immer dasselbe Bläser-Trio Filmmelodien. Die Musiker wußten, welche neuen Filme gerade in waren und an welche der alten Kultfilme das Publikum immer wieder erinnert werden wollte. Vor allem war ihnen klar, daß der Beifall mit Ausnahme des Professoren- und des Sekretärinnentisches immer dann am größten war, wenn sie zu späterer Stunde Melodien aus Startrek oder ein Potpourrie aus Titelmusiken von Kindersendungen wie Biene Maja oder Heidi spielten – Informatiker halt!

Jedenfalls war das Fest immer sehr schön gewesen, bis im letzten Jahr der Zigeunerbaron in ein

paar Fettnäpfchen getreten war. Er hatte etwas Witziges machen wollen und hatte die Rolle des ‚Ordinarius für Datenunsicherheit' zu spielen versucht. Aber seine Späße waren nicht so recht angekommen – alle hatten das Gefühl, daß er in eher gehässiger und arroganter Weise seine Kollegen kritisierte, während er an keiner Stelle dazu kam, sich selbst, den Inhaber des Lehrstuhls für Datensicherheit, auf die Schippe zu nehmen. Es war nicht sehr schlimm gewesen. Das Essen, das das Mensa-Team vorbereitet hatte, war wie immer super gewesen und das Bläser-Trio sorgte bald wieder für gute Stimmung. Trotzdem erinnerte sich jeder daran und man war gespannt, wie sich Barenyi in diesem Jahr verhalten würde.
Die Vorbereitungen waren alle gut gelaufen, jedenfalls was meinen Anteil daran betraf. Moder, der wie üblich nichts für die Vorbereitung geleistet hatte, aber zum Schluß den Dank für die perfekte Organisation lächelnd entgegennehmen würde, war zufrieden mit mir. Mir war es recht so. Schließlich lag mir daran, das Klima im Fachbereich wieder erträglicher zu gestalten, und dafür war eine gute Leistung beim Frühlingsfest allemal wichtig.

Um 18 Uhr war ich als erster in der Mensa. Ein Team von Barenyis Leuten traf wenige Minuten später ein, um umfangreiche Aufbauten mit Video-Beamern und mehreren Projektionswänden vorzunehmen. Aha, es würde also etwas Neues geben. Ich war gespannt. Ähnlich erging es den anderen Teilnehmern, die nach und nach eintrudelten.

Um 20.15 Uhr eröffnete der Dekan den Abend. Gut gelaunt begrüßte er die Anwesenden, besonders charmant die Damen, die außer einer Doktorandin alle zur Zunft der Sekretärinnen gehörten. Dann blickte er in die erwartungsvolle Runde.

„Zum Komiker bin ich anscheinend nicht geboren“ – kleine Kunstpause – „das hat man mir jedenfalls dezent zu verstehen gegeben. Gestatten Sie mir deshalb, daß ich Ihnen statt einer spaßigen Rede eine kleine Präsentation anbiete.“

Ich registrierte erstaunte Blicke und mehrfaches Räuspern. Einer der Professoren, der neben mir stand, nickte anerkennend und murmelte in meine Richtung „Durchaus souverän, nicht wahr?“

„Gegenstand der Präsentation ist die Renovierung einer fast sechshundert Jahre alten Kapelle in Siebenbürgen, der Heimat meiner Vorfahren, um die meine Familie sich bemüht.“

Aha, von seinen guten Taten wollte er also berichten.

„Im nächsten Jahr werden Sie ja wieder einen anderen zum Dekan wählen, der dann hoffentlich

das Talent dazu hat, die humoristischen Traditionen am Fachbereich fortzusetzen."
Humoristische Talente hin oder her – die Aussicht auf einen neuen Dekan empfand auch ich als äußerst erfreulich. Darum brachte ich es über mich, in den allgemeinen freundlichen Applaus einzustimmen.
Der Zigeunerbaron stellte sodann zwei Gäste vor, die eigens aus Ungarn angereist waren, um die Rekonstruktion einer kleinen katholischen Kirche nach Art des Wiederaufbaus der Dresdener Frauenkirche vorzuführen. Barenyi selbst erläuterte das Projekt, für das er und seine Verwandtschaft eine sechsstellige Summe aufzubringen gedachten, wobei Spenden natürlich herzlich willkommen waren.
Obwohl es, wie bei Informatikern zu erwarten, an Begeisterung für katholische Kapellen, Beichtstühle und Heiligenfiguren ganz offensichtlich mangelte, stieß die Präsentation auf viel Interesse, weil sie technisch ausgesprochen gut gemacht war. Die beiden Ungarn, die interessante Einblikke in ihre Arbeitsweise bei der Entwicklung der Konstruktion virtueller Räume auf der Basis alter Baupläne und Bilder gaben, ernteten zum Abschluß donnernden Applaus.

Danach – die Präsentation hatte etwa dreimal solange gedauert wie die früheren Reden –

stürzten sich alle auf das Essen. Und als dann die Bläser mit dem Titelsong aus Titanic begannen, war das Frühlingsfest wieder so schön wie eh und je.
Barenyi, das stellte ich bei diversen Gesprächen fest, hatte Pluspunkte gesammelt. Lediglich der alte Professor Hartmann bemerkte, daß er sich nie für einen Komiker gehalten habe. Wenn ich kritisch anmerkte, daß Barenyi doch nur mit der Tradition des Fachbereichs gebrochen hatte, um sich und sein Projekt in den Mittelpunkt zu stellen, winkten die meisten ab. „Soll er doch das vorführen, was er kann, und die Finger von dem lassen, was er nicht kann!" meinten sie.
Den Großteil des Abends verbrachte ich am Tisch der Sekretärinnen, wo es immer am lautesten und lustigsten zuging. So brauchte ich selbst nichts zur Unterhaltung beizutragen und konnte zumindest zeitweise die gute Stimmung genießen. Auch am zentral positionierten Professorentisch schienen alle bester Laune zu sein. Als ich mit meinem Glas in der Hand von der Bar zu meinen Sekretärinnen zurücksteuern wollte, kam ich daran vorbei und ausgerechnet Barenyi winkte mir zu: „Urbanek, setzen Sie sich doch einmal kurz zu uns!"
Was blieb mir. Barenyi war offensichtlich glänzender Laune. „Hören Sie, Urbanek, soeben erfahre ich, daß Sie ein guter Schachspieler sind.

Professor Heidelberger hat mir erzählt, daß Sie früher mehrfach Schachturniere für den Fachbereich organisiert haben. Wie wär's, könnten Sie das nicht wieder einmal machen? Ich würde zu gerne einmal gegen Sie antreten!"

Ich hätte meinem ansonsten so geschätzten Professor Heidelberger vor Wut in den Hintern treten können. Warum konnte er den Mund nicht halten? Vermutlich hatte er es sogar gut gemeint und Barenyi etwas Positives über mich mitteilen wollen. Aber ich wollte nicht mit Barenyi Schach spielen. Auf gar keinen Fall. Das war eine Horrorvorstellung, ganz egal, wie das Spiel ausginge. Würde ich Barenyi schlagen, würde dieser Ehrgeizling es doch krumm nehmen und mir dann bei jeder anderen Gelegenheit eine reinwürgen. Würde Barenyi mich schlagen – und das traute ich ihm im Innersten zu – dann hätte er mich ganz und gar gedemütigt. Nein, Schach-Spielen war mein Hobby und das wollte ich nicht mit ihm teilen.

„Oh, mit dem Schach habe ich seit Jahren aufgehört," sagte ich deshalb. „Ich mache nichts mehr im Schachclub und bin auch sonst ganz aus der Übung." Die Herren schauten etwas indigniert. Deshalb versuchte ich es etwas witziger auszudrücken: „Mein Freizeitverhalten hat sich in jüngster Zeit ganz in Richtung Hoppe-Reiter-

Spielen mit drei- und fünfjährigen Mädchen verlagert."

„Na, das eine muß das andere ja nicht ausschließen," meinte Barenyi. „Unser Enkel Carsten genießt bei mir, sobald ich etwas freie Zeit habe, auch allererste Priorität. Aber einmal ein Turnier für uns zu organisieren, das müßte ja doch noch irgendwann drin sein!"

Er blickte mich auffordernd an und auch Moder und Heidelberger schauten so, daß ich nicht mehr ablehnen konnte. Ich erhob mich:

„Na, ich werde es mir überlegen! Vielleicht finden wir im Spätherbst einen Termin!"

‚Vielleicht finde ich vorher eine andere Stelle – hoffentlich, hoffentlich', dachte ich bei mir.

Etwas später, als die Reihen sich zu lichten begannen, kam Professor Heidelberger auf mich zu. „Mein lieber Urbanek," – bei ihm machte mir der fehlende Titel gar nichts aus – „was ist denn mit Ihnen los? Sie wirken so lustlos und muffig. Und so, wie sie sich gerade beim Thema Schach-Turnier angestellt haben, fällt es sogar mir schwer, unserem Dekan seine Vorbehalte gegen Sie auszureden."

Das war ja nett von ihm. Aber ich bezweifelte, daß mir das irgendwie weiterhelfen konnte.

„Ich weiß nicht, ob Sie sich das vorstellen können," sagte ich, „aber seit Professor Barenyi Dekan ist, hat sich das Klima am Fachbereich total verändert. Er herrscht. Er ordnet an. Er kommandiert. Und ich darf die Rolle seines ersten Leibeigenen spielen."

„Na, na, na! Übertreiben Sie nicht doch ein bißchen? So schlimm, daß man von Sklaverei reden müßte, ist es ja nun doch nicht. Okay, Barenyi hat einen anderen Stil und mit seinem Ton habe ich gelegentlich auch Schwierigkeiten. Aber sehen Sie es mal von der anderen Seite: er arbeitet sehr effektiv. Davon kann man durchaus etwas lernen. Und er engagiert sich weitaus mehr für den Fachbereich, als wir alle das vor der Wahl von ihm erwartet haben."

Da hatte er allerdings recht. Bevor er Dekan wurde, hatte man den Zigeunerbaron kaum je im Fachbereich gesehen. Seinen Lehrstuhl, der im Bau 34 beim Hochschulrechenzentrum angesiedelt war, hatte er den anderen gegenüber eher abgeschottet. Alle hatten gedacht, er würde weiterhin schwerpunktmäßig dort unten arbeiten und nur seine Pflichtdienststunden im Dekans-Zimmer absitzen. Aber es war gerade umgekehrt gekommen. Er war komplett zu uns in den 48er-Bau umgezogen und leitete seinen Lehrstuhl von hier aus. Er investierte viel Zeit, um den Fachbereich nach seinen Vorstellungen „auf Vordermann zu bringen", und dabei machte es ihm

überhaupt nichts aus, anderen Leuten brutal auf die Füße zu treten.
Beliebt war der Zigeunerbaron wahrlich nicht. Die meisten gingen dem neuen Chef lieber aus dem Weg. Aber im großen und ganzen sahen es die meisten nach Art des großen Oggersheimers: „Es kommt darauf an, was hinten herauskommt!" Und der Betrieb war – das mußte jeder zugeben – effektiver geworden. Was Barenyi anordnete, wurde erledigt und zwar fix. Allein aus Angst vor seinem Zorngebrüll arbeitete die Sekretärin schneller und sauberer, blieben Leute, mich eingeschlossen, länger oder nahmen die Arbeit mit nach Hause, um sie ja am nächsten Morgen um 7.30 Uhr auf seinem Schreibtisch liegen zu haben. Und nach außen profitierte der Fachbereich von seinem Ruf. Sogar die Studentenzahlen waren wieder leicht gestiegen.
So hielt sich die Kritik in Grenzen. Die Hauptleidtragenden waren Frau Graf und ich. Moder mochte ihn zwar auch nicht besonders – das sah man an seinem Gesicht, wenn er zu einer Besprechung mit Barenyi ging oder von ihr zurückkam. Aber er hatte sich irgendwie mit ihm arrangiert. Zum einen hatte Barenyi ihm, dessen Hobby die Jagd war, vor Jahren einmal einen Jagdausflug in den Karpaten vermittelt, von dem er heute noch schwärmte. Und zum anderen freute sich Moder über alles auf seine baldige

Pensionierung und war entschlossen, sich bis dahin durch nichts mehr aus der Ruhe bringen zu lassen. Für wirklich unangenehme Dinge hatte er ja schließlich mich.
Ich versuchte, Heidelberger zu erklären, wie schwierig die Situation für mich war. Seine Reaktion enttäuschte mich. Als Geschäftsführer in spe sei es nun einmal mein Job, mit jedem Dekan auszukommen. Ich sollte mich zusammenreißen und mich nicht von meinen negativen Gefühlen leiten lassen.

Da einer unserer zuverlässigsten Hiwis sich bereit erklärt hatte, das Aufräumen zu übernehmen, ging ich, sobald es einigermaßen mit Anstand möglich war, frustriert nach Hause. Carmen war noch wach. Als sie meine bedrückte Miene sah, fragte sie mich, ob das Fest diesmal nicht so schön wie früher gewesen wäre. Ich hatte keine Lust, ihr alles noch einmal zu erzählen und beschränkte mich deshalb darauf, ihr von dem Ansinnen Barenyis zu berichten, daß ich ein Schachturnier organisieren sollte, bei dem er gegen mich antreten wollte.
Sie fand, das wäre gar keine schlechte Idee. Ja, sie war sogar bereit, bei der Organisation mitzumachen. Es würde ihr sicher Spaß machen. Und es wäre doch die beste Methode, positiv am Fachbereich in Erscheinung zu treten. Wenn das eine

gute Sache werden würde, könnte Barenyi mich doch nicht ein paar Monate später ablehnen. Sie redete sich richtig in Begeisterung hinein. Daß ich einen absoluten Widerwillen verspürte, gegen Barenyi Schach zu spielen, wollte sie nicht gelten lassen.

„Ich bin ganz sicher, daß du gewinnst," sagte sie, „und dann muß er dich mehr als vorher respektieren. Und wenn er tatsächlich besser sein sollte, was ich mir ehrlich überhaupt nicht vorstellen kann, dann versteht er wirklich was vom Schach und kann auch dein Niveau als ziemlich hoch einschätzen."

Noch eine, die es gut meinte mit mir. Das war zuviel. Ich verzog mich mürrisch ins Bett.

Opernrätsel

Am Montag streikte der Rechner des Geschäftsführers – nichts ging mehr. Moder war stinksauer. Ausgerechnet jetzt, wo Huberti weg war und wir noch keinen Ersatz hatten. Der hatte so etwas nämlich immer gemacht. Also sollte ich es richten. Aber ich hatte in solchen Fällen auch immer nur den Hiwi gefragt. Erst jetzt dämmerte mir, wie oft wir Huberti eigentlich gebraucht hatten. Immer hatte er zur Verfügung gestanden und alles hatte er gemacht – Rechner, Fax, Netzwerk. Aber mehr war da nie gewesen, kein Gespräch, keine Nachfrage. Irgendwie war er eine richtige Unperson gewesen, hatte nur wie ein Schatten gewirkt. Der Fachbereich war nun ganz schön aufgeschmissen ohne ihn. Während der Herr Geschäftsführer an der Verabschiedung irgend einer wichtigen Person mit Sekt und leckeren Schnittchen teilnahm, verbrachte ich einen frustrierenden Nachmittag vor seinem Rechner. Kaputt war wohl nichts. Das Ding – im Gegensatz zu fast allen anderen Rechnern am Fachbereich leider mit Microsoft-Software bestückt – wollte einfach nicht mehr. Als ob es jemand blockiert hätte. Aus dem Setup war nicht mehr herauszukommen, weder mit der deutschen noch mit der englischen Tastaturbelegung. ‚Volker,' dachte ich, ‚was hättest du jetzt gemacht?'

Moder war am nächsten Morgen enttäuscht und höchst unzufrieden mit mir. Das fand ich unfair. Er hatte sich schließlich genauso wie ich immer auf Huberti verlassen. Und zu meinen Aufgaben hatte die Wartung von Rechnern noch nie gehört. Aber ich war ja der Depp vom Dienst.

Nachmittags traf ich zufällig Peter Mallot auf dem Gang. Da die Luft rein zu sein schien – Barenyi war außer Haus – beschloß ich spontan, mit ihm ins Fachschafts-Zimmer auf einen Kaffee zu gehen. Vielleicht ergab sich ja doch noch eine

Fortsetzung des Gesprächs, das der Zigeunerbaron so abrupt unterbrochen hatte. Es interessierte mich immer noch sehr zu erfahren, was er zu dem Thema Festplatten meinte. Und außerdem wollte ich ganz allgemein mit ihm über Volker plaudern.
Peter fragte, was denn mit Barenyi los gewesen wäre an dem besagten Freitag. Ohne darüber nachzudenken, daß ihn das nicht unbedingt etwas anging, und vor allem, daß ich ausdrücklich ermahnt worden war, in der Sache Huberti nichts mehr zu unternehmen und Stillschweigen zu bewahren, berichtete ich ihm alles.
Ich fragte ihn nach seiner Meinung zu den ausgebauten Festplatten. Zu meiner Überraschung lachte er.
„Ich habe darüber nachgedacht,“ sagte er. „Und ich bin ganz sicher, daß da nichts Wichtiges drauf war. Wer die geklaut hat, der hat jetzt ein Sammlung Opern und Operetten. Das war Volkers musikalischer Tick. Und er hat sich aus dem Netz heruntergeladen oder von CDs kopiert, was immer zu kriegen war. Wertvolle Daten hätte er nie und nimmer auf dem eigenen Rechner hier im Fachbereich und sicher auch nicht auf dem in seinem Zimmer liegen lassen – das wäre total gegen alle seine Prinzipien gewesen. Wenn er was zu verstecken gehabt hätte, dann hätte er irgendwo weit weg eine Diskette versteckt. Aber wahr-

scheinlicher ist es, daß wenn er etwas verstecken wollte, dieses jetzt noch irgendwo unsichtbar auf einem anderen Rechner im Fachbereich liegt."
Ich staunte. „Und wie kannst du dir da so sicher sein?"
Peter erläuterte: „Das war sozusagen §1 von Volkers Spionage-Abwehr-ABC: Verschaffe dir Zugang zu Daten, lege geheime Dateien mit deinen Infos an und verstecke sie dort, wo sie keiner sucht: nämlich auf dem Rechner des Gegners."
Ich mußte ihn wohl ziemlich verständnislos angeschaut haben. Denn er fühlte sich genötigt, etwas weiter auszuholen. „Damit Sie das verstehen können, muß ich wohl etwas ausführlicher erzählen, was wir da vor gut zehn Jahren so getrieben haben. Wir haben mit unseren Rechnern Spion & Spion gespielt, wie im MAD-Heftchen. Wir haben uns gegenseitig Dateien gestohlen, Daten gelöscht, an den Rechnern manipuliert. Volker war dabei Spitze. Er war eigentlich immer der beste, vielleicht, weil er das viel ernster genommen hat als wir anderen. Er hat es durchaus fertiggebracht, in den Rechner eines anderen einzubrechen und die Daten verschlüsselt bei einem Dritten zu parken. Hinterher hat er dann lachend die Lösung präsentiert. Aber wenn es mal einem gelang, an seine Dateien ranzukommen, dann fand er das gar nicht zum Lachen."

Er schaute mich an. „Verstehen Sie, der hat schon damals schlecht zwischen Spaß und Ernst unterscheiden können. Und das hat sich bei ihm dann, nachdem diese Spiele längst aufgehört hatten, verstärkt. Volker hatte wirklich eine panische Angst vor feindlichen Agenten. Und wehe, jemand sagte da was. Das war, denke ich, der Hauptgrund, warum es keiner mehr mit ihm aushielt. Auf die Dauer ist einem das maßlos auf die Nerven gegangen, dieser verschwörerische Ton, die geheimnisvollen Andeutungen über östliche Geheimdienste, Datenspionage und so."
Wieder dasselbe, wovon auch Marga gesprochen hatte. Aber nichts, womit ich etwas anfangen konnte. Nach Peters Bericht war das, was Volker getrieben hatte, bloße Spinnerei, wenn ich das richtig verstand. Wem sollte so einer gefährlich werden? Andererseits hatte jemand die Festplatten ausgebaut. Vielleicht jemand, der nicht wissen konnte, daß da bloß Musik drauf war.
Ich kam auf das aktuelle Problem mit Moders Rechner. Zu meiner Überraschung lachte Peter wieder: „Ach, hatte er diese alte Kiste immer noch drauf? Da kann ich Ihnen helfen. Volker hat da eine Datumssperre eingebaut. Wann hat der denn aufgehört zu arbeiten?"
Ich sagte es ihm.
„Gestern früh," er blickte auf die Uhr. „Ja, dann ist da halt ein Vermerk einprogrammiert, daß ab

7. Mai nichts mehr geht. Ha, ha!“ Er schien das ziemlich lustig zu finden. Vermutlich, weil es ihn an die gute alte Zeit erinnerte.

„Diese ganzen Methoden, wie so was geht, auch das mit dem Verstecken auf des Feindes Rechner, haben wir hier in diesem Zimmer vor Jahren diskutiert. ‚Konspirative Informatik‘ haben wir unser internes Seminar genannt. Außer Volker und mir waren noch fünf oder sechs Freaks dabei. Aber von denen ist jetzt keiner mehr da. Zwei von ihnen haben das Studium ganz aufgegeben – das waren die echten Hacker, die nach einiger Zeit merkten, daß sie hier bei der Informatik fehl am Platz waren. Die anderen haben dann doch irgendwie noch die Kurve gekriegt. Nur Volker nicht, der ist irgendwie in den alten Zeiten hängengeblieben. Er war nicht dumm, verstehen Sie mich nicht falsch, das war er wahrlich nicht, aber schon seit 1995 hätte der kein Diplom mehr geschafft.“

„Was ich nicht ganz verstehe, ist, warum Sie“ – er richtete seinen Blick direkt auf mich – „den beim Fachbereich einfach behalten haben, so als eine Art Faktotum. Sie haben ihn doch alles machen lassen. Das war doch die totale Ausbeutung – noch nicht einmal 1000 Mark dafür, daß er eigentlich rund um die Uhr als Service-Personal zur Verfügung stand. Und keiner hat gesagt: ‚Herr Huberti, meinen Sie nicht, daß Sie sich mal ernsthaft um ihre Zukunft kümmern sollten?' So war es doch!"

Was sollte ich sagen? Daß er recht hatte? Daß ich mir auch nie Gedanken über Volker Hubertis Zukunft gemacht hatte? Daß unser Betrieb eben so und nicht anders lief? Das hätte alles ziemlich dumm geklungen. Also versuchte ich es lieber mit einer Gegenfrage:

„Ja, und warum hat er selbst das mitgemacht?"

Peter zuckte die Achseln. „Er hatte ja keine andere Zukunft: 960 Mark, das reichte für seine Bude bei der alten Dame und das Notwendigste zum Leben. Der Rest war – ja wie soll ich sagen? – Computer-Hackerei, Spinnerei, Agentenjagd oder sonst was. Er wurde immer mehr zum Eigenbrötler und Sonderling."

Ich lenkte das Gespräch wieder auf die Datumssperre in Moders Rechner.

„Ach," meinte Peter, „das war eine der leichteren Übungen. Volker hatte da so eine Technik entwickelt, die Sperre irgendwo im BIOS unterzubringen."

Er bemerkte meinen erstaunten Blick. „Ja," sagte er, „Volker hat wirklich Ahnung gehabt. Er hat sich schließlich schon seit den ganz frühen DOS-Zeiten als Hacker betätigt."

Er kam wieder zur Sache. „Wenn man ins Setup reingeht und alles durchlaufen läßt, kommt irgendwann die Frage, ob man wieder raus will –

und an der Stelle muß man statt Yes oder No ‚D' für Datum eingeben. Dann kann man die Sperre neu einstellen oder ganz aufheben. Das mit dem Aufheben ist aber nicht ganz einfach. Es hat Volker damals viele, viele Nächte gekostet, herauszufinden, wie man das ins Programm hineinschmuggeln konnte."

„Und das ist der ganze Trick?" fragte ich.

„Ja, so easy ist das – nur ein Problem könnte es geben. Manchmal ist da noch ein Passwort eingebaut, das man kennen muß."

Ich fragte Peter, ob er noch ein paar Minuten da bleiben könnte. Ich wäre gleich zurück.

„Selbstverständlich!" Er hatte anscheinend nichts Wichtiges zu tun.

Ich ging schnell in Moders Zimmer.

„Lassen Sie mich schnell noch mal was probieren." Moder rückte zur Seite. Ich startete seinen Rechner, ging mit F2 ins Setup und gab an der besagten Stelle ‚D' ein.

Mit der Datumseinstellung war es nichts. Und statt der Aufforderung, ein Passwort zu nennen, fand sich lediglich ein, allerdings äußerst seltsamer, Satz: *Ha! Furchtbar gähnt der düstre Abgrund, welch ein Graun! Das Auge wähnt in einen Höllenpfuhl zu schaun!*

Mist! Ich schrieb mir den Satz auf und machte den Rechner wieder aus. Moder, der mir mißmutig und ohne große Erwartung über die Schultern geschaut hatte, war nicht gerade begeistert, als ich ihm sagte, daß ich wohl erst noch ein weiteres Rätsel lösen mußte, was mindestens noch einen Tag dauern würde. Dann verschwand ich wieder in Richtung Fachschafts-Zimmer.

Peter war noch da. „Na, war's das, was ich vermutet habe?"
„Es scheint tatsächlich so", sagte ich. „Aber statt der Datumssperre oder der Aufforderung, ein Passwort einzugeben, stand da ein komischer Satz in altertümlichem Deutsch."
Wieder lachte Peter. „Wenn Sie nicht gleich weggerannt wären, hätte ich Ihnen das vorausgesagt. Das gehörte zu Volkers ganz speziellem Spleen, es handelt sich um ein literarisches Passwort-Rätsel. Wenn Sie noch ein bißchen Zeit haben, erkläre ich es Ihnen."
Hatte ich ein bißchen Zeit? Ich beschloß, daß ich hatte. Eigentlich lag auf meinem Schreibtisch eine Menge an dringender Arbeit, die schon seit gestern früh hätte gemacht werden sollen. Aber vielleicht kriegte ich ja jetzt auch noch die Information, wie ich das literarische Rätsel lösen konnte.
Aber um ehrlich zu mir selbst zu sein: ich nahm mir die Zeit, weil ich ganz einfach zuhören wollte, weil mich dieser Volker Huberti mehr und mehr interessierte. Was für eine Sorte Mensch

war dieser Hiwi gewesen, der da so unscheinbar wie eine graue Maus zum Inventar unseres Fachbereichs gehört hatte? Welche Informationen hatte er auf den Rechnern gehabt, deren Festplatten verschwunden waren? Waren das wirklich nur Opern gewesen? Was hatte ihn bewogen, eine Datumssperre auf Moders Rechner zu installieren? Was war überhaupt in seinem Kopf vor sich gegangen?

Peter holte uns einen Kaffee und erzählte: „Volker hat vor Jahren mal eines unserer Seminare darüber gehalten – er hatte da so seine Erfahrungen und Theorien. Fakt ist, daß die meisten Leute ihre Passwörter hinter den Rechner oder unter das Mouse-Pad kleben, weil sie unfähig sind, sie sich zu merken. Genauso ist es mit den Geheimnummern für die Scheckkarten. Die meisten tragen sie im Geldbeutel mit sich herum. Wenn sie dann ihren Geldbeutel irgendwo liegen lassen, wundern sie sich, daß gleich ganz viel Geld weg ist."

Bingo! – Ich habe meine Geheimnummern auch immer dabei, weil ich die von unserer Euro-Card und die von der Volksbank dauernd durcheinanderbringe.

„Daß das blöd ist, weiß jeder. Aber fast jeder macht es trotzdem so. Und wer's nicht tut, weiß plötzlich seine Geheimnummer oder sein Pass-

wort nicht mehr. Ich habe mal eine Zeit lang im Rechenzentrum gearbeitet – es ist unglaublich, wie da immer wieder Studenten ankommen und jammern, weil sie an ihren eigenen Account nicht mehr rankommen."
Peter legte eine Verschnaufpause ein und fuhr dann fort: „Also – langer Rede kurzer Sinn – Volkers Methode war es, einen Hinweis zu hinterlassen, der nur ihm etwas sagte, also z.B. das Geburtsdatum seiner Mutter hinter den Rechner zu kleben. Er wußte dann sofort, daß das Passwort ihr Mädchenname war, aber das sagte eben nur ihm selbst etwas und niemandem sonst.
Bei anderen Gelegenheiten schrieb er diesen Hinweis einfach an die Stelle, wo sonst erscheint: Geben Sie das Passwort ein!
Irgend ein Hobby oder ein besonderes Wissensgebiet, muß doch jeder haben, meinte er. Seines waren jedenfalls Opern und Operetten. Die hörte er den ganzen Tag – über Kopfhörer natürlich, weil das sonst keiner ertragen konnte. Aber er war auch sonst in Literatur ganz fit. Ein einfaches Beispiel hat er uns damals gegeben: Statt „Geben Sie das Passwort ein!" stand da: *Wissen oder nicht wissen – das ist hier die Frage.* Kleine Verfälschung inbegriffen ist das ja doch ein billiges Zitat von? na?" Peter schaute mich an.

Schon wieder ein Volltreffer – so was Ähnliches hatte ich wohl schon mal gehört, aber war das von Goethe, Schiller oder von Gott weiß wem? Peter ließ mich nicht lange zappeln. „Shakespeare", klärte er mich auf. „und *to be or not to be* heißt's im Original. Das Passwort wäre in diesem Fall also vermutlich Shakespeare gewesen, wobei Volker stets von hinten buchstabierte und Groß- und Kleinbuchstaben abwechselte, also ErAePsEkAhS oder eRaEpSeKaHs. Ganz einfach war das. Aber wenn einem der Hinweis fehlte, schwerer zu knacken als viele andere Passwörter."

„Soll das heißen, daß er Moder einfach nur ein literarisches Rätsel in den Rechner geschrieben hat?" Mir schien das ziemlich unwahrscheinlich.

„Warum Volker in der letzten Zeit irgend etwas getan oder gelassen hat, darüber wage ich überhaupt nicht zu spekulieren", meinte Peter. „In der Zeit, von der ich erzähle, war das eben eine Spielerei, jedenfalls für mich. Es ging darum, jemanden zu ärgern oder ihn auf die Probe zu stellen. Ich erinnere mich noch gut. Volker hat einmal mein Passwort geknackt, dann meinen Rechner blockiert und sich königlich darüber amüsiert, daß ich sein Rätsel aus einer blöden Wagner-Oper nicht lösen konnte. Zum Schluß hat er es mir dann doch verraten. Aber wenn einer wirklich etwas verstecken wollte, würde er ja wohl nicht so deutliche Hinweise hinterlassen.

Andererseits jetzt, wo Volker tot ist, merkt man doch, wie gut der Trick war. Es wird verdammt schwierig sein, an das richtige Passwort zu kommen."

Ich glaubte es gern – für mich war ja schon das einfache Demonstrationsbeispiel unlösbar gewesen.

„Und wie soll ich herausfinden, wo das mit dem Höllenpfuhl steht?" fragte ich.

„Tja," sagte Peter und schüttelte den Kopf. „Da kann ich Ihnen leider auch nicht helfen, ehrlich. Der einzige Spezialist für Opern und Operetten-Librettos, der mir persönlich jemals untergekommen ist, hat hier in diesen unheiligen Hallen vor wenigen Wochen das Zeitliche gesegnet. Da müssen Sie halt jemand finden, der sich auf diesem Fachgebiet auskennt."

Kulturpaps

Natürlich kannte ich jemand, der etwas von Literatur verstand, und wieviel! Herr Dr. phil. Gerhard Meineke, Deutschlehrer am Leibniz-Gymnasium zu Lippstadt in Westfalen, mein Schwiegervater, genannt Paps, war eine Koryphäe auf dem Gebiet der schönen Literatur und Opernliebhaber noch dazu.

In der Anfangsphase meiner Beziehung zu Carmen hatte er mich als seinen Schwiegersohn in spe auf meine diesbezüglichen Interessen hin abgeklopft. Damals glaubte er noch daran, daß der Träger eines Doktortitels selbstverständlich auch über literarische Allgemeinbildung und klassisch-musikalisches Interesse verfügen müsse. In dem Bemühen, einen guten Eindruck auf ihn zu machen, hatte ich mich auch zweimal von ihm zu Opernaufführungen einladen lassen. Es war mir jedoch beim besten Willen nicht gelungen, begeistert zu erscheinen. So hatte er es bald enttäuscht aufgegeben, weiter solchermaßen Perlen vor die Sau zu werfen.
Ausgerechnet ihn fragte ich natürlich äußerst ungern. Aber was blieb mir, wenn ich das Passwort schnell knacken und – wie ich mir eingestehen mußte – ein paar Pluspunkte bei Moder sammeln wollte? Meine sonstigen Bekannten würden mir da kaum behilflich sein können.
Ich schaute also kurz im Zimmer des Geschäftsführers vorbei. Moder war gerade mal wieder abwesend und so konnte ich mich ohne Probleme verdünnisieren, nachdem ich einen Zettel hinterlegt hatte, ich wäre unterwegs, um die Software-Chose mit einem Spezialisten zu besprechen.

Abends bat ich Carmen, ihren Vater zu fragen, woher das Zitat stamme. Sie war, gelinde gesagt, etwas verwundert. Ich sagte, ich bräuchte die Auskunft, weil das Zitat in unserem Fachbereich aufgetaucht sei und ich der einzige wäre, der einen literarisch gebildeten Menschen als Verwandten oder Bekannten vorweisen konnte, nämlich ihren Paps.

Das Telefonat zog sich in die Länge. Ich wartete gespannt auf das Ergebnis. Endlich kam sie zurück:

„Paps war echt von den Socken. So eine Frage von Dir, das lag wohl jenseits seiner Vorstellungskraft."

Ich konnte ihren Gesichtsausdruck nicht recht deuten. Amüsierte sie sich nun eher über ihn oder über mich?

„Also das Zitat ist aus dem ‚Freischütz'. Der wiederum ist, wie du selbstverständlich wissen solltest," sie ahmte den schulmeisterlichen Ton ihres Vaters nach, „von Carl Maria von Weber."

Ich gestand meine Unwissenheit. Sie hatte nichts anderes erwartet.

„Daß du das nicht gewußt hast, läßt ihn zwar zum wiederholten Male am Wert und an der Berechtigung deines Doktortitels zweifeln. Aber wirklich gewundert hat es ihn nicht. An mich hingegen als seine Tochter hatte er höhere Erwartungen. Das Zitat selbst hätte ich ja nicht unbedingt erkennen müssen. Aber daß ich den Komponisten nicht wußte, hat ihn schon tief enttäuscht. Paps glaubt nicht, daß es in seinem Bekanntenkreis jemanden gibt, der das nicht gewußt hätte. Ich habe also eine Menge Kritik einstecken müssen. Er war kurz davor, an seiner Erziehung zu zweifeln. Aber ich schätze mal, er rechnet mein schwaches Niveau doch deinem schlechten Einfluß zu.“ Sie lachte.

„Also er ist unbedingt der Meinung, daß wir beide mal wieder etwas für unsere Bildung tun sollten. Ansonsten hat ihm das Haus erstaunlich gut gefallen. Er meint, wir müßten zwar noch einmal mit mindestens 100.000 für die Renovierung rechnen. Das vor allem in Anbetracht der Tatsache, daß du fast gar nichts machen kannst.“

Danke für das Kompliment!

„Aber irgendwie will er mal sehen, was er noch locker machen kann. Könntest du deine Eltern nicht fragen, ob sie wenigstens 50.000 auftreiben können?“

Das ging – bla, bla, bla – so weiter. Sie plapperte vergnügt über ein neues Bad, über die Veranda, die Vorteile einer Wärmepumpe, die Gartengestaltung und tausend andere Einzelheiten, während ich am liebsten in den Fachbereich gerannt wäre, um nachzuprüfen, ob ReBeWvMc oder rEbEwVmC oder eine längere Version oder gar

etwas mit *Freischütz* als Passwort funktionieren würde.
Ich versprach Carmen, in den nächsten Tagen bei meinen Eltern anzurufen und sie zu fragen, ob sie uns mit etwas Geld aushelfen könnten.

Am nächsten Morgen mußte Moder zu einer Besprechung in den Verwaltungsturm. Ich machte mich, kaum daß er verschwunden war, an seinem Rechner zu schaffen. Bei ReBeWnOvMc erschien „program valid until 07.05.01". Ich überlegte kurz, welches neue Datum ich eingeben sollte. Sinnvoll wäre der 31.12.99 gewesen, sozusagen eine Lösung für die Ewigkeit. Dann müßte sich nie wieder jemand um das Problem kümmern. Aber plötzlich reizte es mich, dasselbe zu tun, was Volker gemacht hatte. Ich gab den 15.10.01 ein. Jetzt war ich der einzige, der wußte, wann dieser Rechner wieder streiken würde und wie man ihn mit Carl Marias Hilfe wieder reaktivieren konnte. Ich schrieb Moder eine Notiz, daß erst mal alles wieder in Ordnung wäre.
In meinem eigenen Rechner legte ich eine Datei LP/RVH für ‚Literarische Passwörter/Rätsel Volker Huberti' an, auf der ich das Verfahren, das Passwort und GF für Geschäftsführer notierte. Bei meinem schlechten Gedächtnis konnte man nie wissen.

Marga zum Zweiten

Zwei Tage später meldete sich Marga. Ich war nicht darauf gefaßt und mußte erst schalten, wer mich da beim Mittagessen vom Tisch wegholte. Carmen war sauer.

Marga sagte, sie hätte im Fachbereich nach mir gefragt, aber ich wäre nicht dagewesen. Nach 14 Uhr hätte sie aber nicht mehr anrufen können, deswegen hätte man ihr meine Privatnummer gegeben.

Vielen Dank, Frau Graf!

Sie wollte wissen, ob ich etwas in Erfahrung gebracht hatte. Ich erzählte ihr von den Festplatten, für deren Verschwinden sich außer mir keiner interessieren wollte. Sie war empört. Das wäre doch ein klarer Hinweis darauf, daß jemand wußte oder vermutete, daß Volker einem großen Ding auf der Spur war. Sie ließ sich auch nicht dadurch beruhigen, daß ich ihr Peters Einschätzung mitteilte.

Ich berichtete ihr auch von der Datumssperre und von den Gesprächen im Fachschaftszimmer. Bei der Erwähnung des Stichworts ‚Spionage' reagierte sie eifrig. Sie hatte Nächte lang wachgelegen und nachgedacht. Inzwischen konnte sie sich jetzt – einige Zeit nach dem Schock über Volkers Tod – auch wieder etwas genauer erinnern. Es war um Spionage gegangen, um Indu-

striespionage, irgendwas mit moderner Software-Entwicklung und Datensicherheit, irgendwas mit dem Ostblock.
Ich unterbrach sie mit dem Hinweis, daß es den Ostblock doch schon lange nicht mehr gäbe.
Marga meint, genau da wäre Volker anderer Meinung gewesen – die Russen hätten immer noch Verbindungen zu Leuten in ihren früheren Satellitenstaaten und genau über diese Connections liefe heute mehr Industriespionage als militärische, hatte er immer gesagt.
Ich unterbrach sie und fragte, ob sie ernsthaft glaubte, da wäre was an unserem Fachbereich zu Gange. Marga wußte es nicht.
Carmen rief gereizt, das Essen würde kalt. Ich hielt kurz den Hörer zu und versprach, gleich zu kommen. Dann redeten wir weiter.
Während ich Marga meine Einschätzung erklärte, wunderte ich mich über mich selbst. Woher hatte ich diese Einschätzung überhaupt? Mittlerweile glaubte auch ich fest, daß Volker auf der Spur von irgend etwas gewesen war. Ich glaubte nicht mehr, daß sein Tod ein Unfall war. Und wenn es sich um Suizid handelte, dann war ich sicher, daß die Gründe dafür in dieser Sache lagen.
Carmen und die Mädchen standen vom Essenstisch auf. Das war bei uns nicht üblich. Nachher muß ich mich auf heftige Kritik gefaßt machen. Was sollte es? Marga jedenfalls war ganz happy,

daß ich mich ihrer, beziehungsweise Volkers Sache annahm. Das freute mich.
Ja, warum erzählte ich ihr das alles eigentlich? Warum identifizierte ich mich so? Wollte ich Marga trösten, ihr imponieren? Ich nahm mir vor, mir darüber bei Gelegenheit noch mal Gedanken zu machen.
Bevor wir auflegten, sagte Marga mir, sie würde demnächst nach Kaiserslautern kommen – zu einer traditionellen Wanderung mit Volkers Freundeskreis, die jedes Jahr am Himmelfahrtstag stattfände. Vielleicht wäre es da möglich, daß wir uns mal treffen würden.

Die Kritik kam und zwar massiv. Erst jetzt dämmerte mir, daß Carmen eifersüchtig war. Sie fragte sich – und gelegentlich auch mich – in letzter Zeit häufiger, was denn mit mir los sei. Jetzt tauchte ein weibliches Wesen auf. Da vermutete sie wohl einen Zusammenhang.
„Wer ist diese Marga überhaupt?“ fauchte sie mich an. „Warum ruft sie dich privat an? Und woher hat sie unsere Nummer? Was ist daran so wichtig, daß du uns beim Essen sitzen läßt?“
Außerdem hatte sie zugehört. „Was machst du denn immer noch in dieser Sache rum? Das war doch das, weswegen dich der Barenyi zur Sau gemacht hat?“

Ihrer Meinung nach wäre es nun wirklich klüger, die Finger davon zu lassen, wenn ich Moders Stelle wollte.
Ich hielt denn Mund. Es war Gottseidank schon spät. Carmen mußte mit den Kindern weg. Ich verzog mich in die Uni.

Ein Anruf aus Kassel brachte endgültige Klarheit: die Stelle kriegte ein anderer. Mit Erlangen wurde das garantiert auch nichts. Ich rief meinen Professoren-Freund in Passau an. Er druckste herum: Rückfragen durch den Dekan in Kaiserslautern – informelle natürlich – hätten nicht das Beste über mich erbracht. Er wäre ziemlich dumm angemacht worden, weil er mich für eine Stabsstelle ins Gespräch gebracht hätte. Von all meinen Bewerbungen blieb also nur noch Graz. Ich mußte mit Carmen darüber reden – aber nicht heute!

Mozart und Strauß

Am 14. Mai fiel der Rechner von Frau Graf aus. Irgendwie überraschte mich das gar nicht. Es war mir klar, daß er auch nicht der letzte sein würde. Ich brauchte knapp zwei Minuten, um das Passwort-Rätsel zu finden. *Wo Tätigkeit thronet und*

Müßiggang weicht, erhält seine Herrschaft das Laster nicht leicht. – Wie schrecklich!
Es blieb mir nichts anderes, als Carmen am Abend noch einmal zu bitten, ihren Paps anzurufen. Unsere Bildungslücke stellte sich als noch schlimmer heraus: *Zauberflöte*, *Mozart* – so was muß man doch kennen! Ich konnte mir den empörten Ton meines Schwiegervaters vorstellen. Kulturbanausen wir!
Nach dem Telefonat grinste Carmen: „Ansonsten kannst du dich schon mal auf dein Geburtstagsgeschenk freuen!"
Ich war irritiert.
„Ja" lachte sie. „Paps war ganz begeistert, daß es endlich mal etwas Kulturelles gibt, was dich interessiert. Es wird ihm eine Freude sein, für dich einen Opernführer zu erstehen."
O Schreck! Etwas Unnötigeres konnte ich mir kaum vorstellen. Andererseits dachte ich, wenn noch mehr Rechner ausfielen, konnte so etwas ja vielleicht auch von Nutzen sein.
Carmen dämpfte meinen Optimismus: „Ich habe ihm gesagt, du würdest dich sicher sehr freuen. Aber mach dir keine falschen Hoffnungen. Deine Zitate findest du da drin nicht."
Schade!
Am nächsten Morgen lief auch Frau Grafs Rechner wieder, jedenfalls bis zum 15. Oktober. Diesmal hatte übrigens auch der Zigeunerbaron

mitgekriegt, daß ich einmal etwas gut machte. Als er mit Moder aus dessen Zimmer kam, nahm er sich doch tatsächlich die Zeit, mir für meine Findigkeit zu danken. Ich hörte den Unterton: ‚Das hätte ich dem Urbanek ja gar nicht zugetraut'.
Ich nutzte die Gelegenheit: „Den Schlüssel zum Erfolg fand ich übrigens im Fachschafts-Zimmer. Manchmal sind informelle Kontakte zu Studierenden doch auch was wert!"
Er ließ sich nicht provozieren. Jovial ermahnte er mich, meine Arbeit weiterhin gut zu machen. „Der Fachbereich möchte ja schließlich noch einige Zeit von ihren Fähigkeiten profitieren, Urbanek!"
Diese Schwein, dieses Schwein! Er wußte, daß ich mich bewarb, und er tat alles, um es mir zu versauen. Und dann diese Heuchelei!

Am Freitag kam ich etwas später ins Büro. Wie in jeder Woche mußte ich an diesem Tag die Kinder in den Kindergarten bringen, damit Carmen ihre Morgengymnastik besuchen konnte.
Moder erwartete mich schon genervt und gereizt: „Wo bleiben Sie denn? Barenyi tobt. Der Zentralrechner streikt. Ich hoffe, Sie kriegen das dieses Mal schneller hin! Der Chef braucht irgendwelche Daten aus dem Rechner – natürlich ist es mehr als dringend."

Ich sagte ihm, daß ich das kaum schaffen würde, es sei denn, er wäre zufällig Opern-Fan. Das brachte mir einen ziemlich verständnislosen Blick ein.

Die neue Rätselaufgabe fand ich schnell. Aber dann war ich mit meinem Latein am Ende. Meinen Schwiegervater konnte ich frühestens am Nachmittag erreichen.

Auch Barenyi reagierte irritiert, als ich ihn fragte, ob er die Sätze *Uns alle wagt Ihr zu verhöhnen, das werden wir Euch abgewöhnen. Man muß den saubern Herrn mitunter Mores lehr'n!* einer Oper zuordnen könne. Ob ich ihn wohl vergackeiern wolle. Nachdem ich ihm Volkers Trick verraten hatte, erkannte er aber schnell den Ernst der Lage.

„Woher haben Sie denn die Lösungen für die anderen Rechner gehabt?"

Ich berichtete ihm von dem glücklichen Umstand, in eine hochgebildete Familie eingeheiratet zu haben.

„Ja schön," drängte er. „Und wo ist ihr Schwiegervater jetzt zu erreichen?"

„In der Schule. Er unterrichtet jetzt. Da kann ich ihn nicht rausholen. Er kommt frühestens um 14 Uhr heim."

„So lange können wir nicht warten," erklärte Barenyi kategorisch. „Wir müssen ihn jetzt gleich anrufen."

Er war – das wußte ich aus leidvoller Erfahrung – überhaupt nicht in der Lage zu warten, jedenfalls nicht auf Berichte und Zuarbeiten seiner Untergebenen.
Unmöglich – ich malte mir aus, wie Paps reagieren würde, wenn ich ihn wegen eines Opernzitats aus der Deutschstunde holte.
Der Zigeunerbaron ließ nicht locker. „Wie heißt die Schule?"
Ich sagte es ihm.
„Frau Graf, die Nummer des Leibniz-Gymnasiums in Lippstadt bitte, aber dalli! Und legen Sie das Gespräch gleich hier rüber!" Die Gräfin eilte.
„Wie heißt ihr werter Herr Schwiegervater?"
„Gerhard Meineke, äh, Dr. Gerhard Meineke."
Oh je, was würde das nur geben!
„Ich verbinde mit Prof. Dr. Barenyi," hörte ich Frau Graf im Vorzimmer säuseln.
Der Zigeunerbaron war plötzlich der höflichste Mensch auf Erden.
„Professor Dr. Barenyi am Telefon, Fachbereich Informatik an der Universität Kaiserslautern. Ja, ich bin der Leiter des Fachbereichs. Ich bitte, die Störung zu entschuldigen, aber wir haben hier ein diffiziles Computerproblem. Ja, ja es geht um wichtige, sehr wichtige Daten, ein internationales Projekt, größere Summen aus Brüssel. Und nun ist der Zentralcomputer blockiert. Ja, ja, ha, ha – und da sitzen wir Computer-Spezialisten und

brauchen einen Germanisten und Kenner von Opernmusik – ja es ist eine verrückte Geschichte, ein literarisches Passwort-Rätsel. Sie werden es vielleicht nicht glauben, aber wir benötigen dringend die Hilfe von Dr. Meineke – ja, es ist hier bekannt, daß er eine Koryphäe auf diesem Gebiet ist. Sein Schwiegersohn arbeitet hier bei uns."
Er hörte seinem Gegenüber zu und lächelte verständnisvoll.
„Wie bitte? Sie haben auch immer Ärger mit dem Computer bei Ihnen im Sekretariat. Ha, ha – na dann sind Sie jetzt vielleicht ein wenig getröstet, Frau, wie war noch der Name? – äh, Frau Meyer-Fröhlich. Sie sehen, selbst bei uns, bei den Computer-Wissenschaftlern gibt's dauernd Ärger mit diesen Dingern, ha, ha."
Wieder gab es eine kleine Pause. Dann hatte der Charmeur die Sekretärin wohl in der Tasche.
„Ich weiß mir wirklich nicht anders zu helfen," sagte er in vollendeter Höflichkeit, „als Sie zu bitten, ihn kurz ans Telefon zu rufen, ganz kurz. Und sagen Sie ihm bitte, daß es uns wirklich sehr peinlich ist. Aber es geht um äußerst wichtige Unterlagen. Nein, uns ist keine andere Lösung eingefallen. Ja, ich bin Ihnen sehr zu Dank verpflichtet. Ja, ich bleibe dran."
„Na also!" Triumphierend blickt er zu mir. ‚Sie holt ihn. Es wird nur etwa eine Minute dauern, hat sie gesagt."

Mir graute.
„Ja, Professor Dr. Barenyi hier – Herr Dr. Meineke, ich bin ja so froh, daß Sie es möglich gemacht haben. Glauben Sie mir, es ist mir sehr peinlich, daß ich Sie aus Ihrer Vorlesung rufen mußte, aber Sie sind wirklich unsere einzige Hoffnung. Nicht so schlimm? Die Schüler arbeiten gerade selbständig an einem Text? Na, da bin ich ja erleichtert. Trotzdem – es wird hoffentlich nur ganz kurz sein. Ihr Schwiegersohn, unser Herr Dr. Urbanek, hat ja schon zweimal mit Hilfe Ihres Wissens unsere Rechner wieder flott gemacht – ja, wir haben da ein größeres Problem, sozusagen einen literarischen Angriff auf unsere Rechner-Systeme. Ja, und diesmal geht es um den Zentral-Rechner – ganz wichtige Daten, ja, ja, Sie verstehen – ich bin ja so dankbar."
Ich konnte zwar nicht mithören, was Paps sagte. Aber der Tonfall schien nicht aufgebracht. Barenyi winkte mir: „Das Zitat!"
Ich schob ihm den Zettel hin, auf dem ich den Satz notiert hatte.
„Ja, das Zitat lautet: *Uns alle wagt Ihr zu verhöhnen, das werden wir Euch abgewöhnen. Man muß den saubern Herrn mitunter Mores lehr'n!*"
Paps schien es zu kennen. „Ganz einfach? – Wunderbar!" freute sich Barenyi. „Es ist diesmal gar nicht aus einer Oper, sondern aus einer Ope-

rette, aha" gab er an uns, die wir staunend zuhörten, weiter – „aus dem *Zigeunerbaron*!"
Sein Gesicht verfinsterte sich für einen Moment. Ich konnte mir ein Grinsen nicht verkneifen. Auch Moder hatte Probleme, ernst zu bleiben.
Barenyi hatte sich wieder in der Gewalt. „Der *Zigeunerbaron* – ja sehr schön, daß wir das haben – und dank Ihrer Hilfe so schnell! Ach, da fällt mir ein, das wurde sogar hier am Pfalztheater vor zwei oder drei Jahren gegeben – meine Frau und ich konnten dabei sein – ja, wir haben die Aufführung sehr genossen. Aber Sie haben sicher Verständnis, daß ich als Laie da keine Textzeilen erinnere, ja?"
Paps antwortete irgend etwas.
„Sie verstehen auch nichts von Computern? Ja eben, jeder kann nur noch in beschränkten Bereichen Spitzenleistungen bringen in dieser Zeit, es ist nicht mehr wie zu Leibniz' oder Goethes Zeiten. Ja, in jedem Fall haben wir nun des Rätsels Lösung – ich bin Ihnen wirklich sehr zu Dank verpflichtet."
Ich machte mich durch Winken bemerkbar und hielt ihm einen Zettel hin, auf den ich schnell gekritzelt hatte: Komponist? Autor?
Er reagierte schnell: „Ach herrje, Herr Dr. Meineke, verzeihen Sie meine Unwissenheit – aber bevor wir das wieder nachschauen müssen: von wem stammt denn der *Zigeunerbaron*?" Die Ant-

wort kam sofort. Barenyi war glücklich. „Sie sind ein Genie! Musik *Johann Strauß* – na darauf hätten wir selbst auch noch kommen müssen. Aber der Texter – wie hieß der noch einmal? – *Ignaz Schnitzer*, – nie gehört. Ach, was bin ich froh, daß das so schnell ging. Bewundernswert, absolut bewundernswert, Ihr Wissen!"

„Einen Moment noch, bitte," fügte er an. „Bevor Sie auflegen, Herr Dr. Meineke. Kommen Sie denn gelegentlich nach Kaiserslautern? Ja öfters? Sehr schön! Sie haben zwei Enkeltöchter? Ja, ich weiß, welche Freude Enkelkinder sind. Von meinen beiden Kindern hat nur der Sohn ein Kind. Allerdings in einer Familie ohne Trauschein, leider. Aber das nimmt heutzutage immer mehr zu. – Ja, aber den Kleinen liebe ich über alles. Ja, Herr Dr. Meineke, wenn Sie wieder einmal nach Kaiserslautern kommen, lassen Sie es mich doch durch Ihren Schwiegersohn wissen. Ich würde Sie gern einmal persönlich treffen. Wenn Sie wollen, zeige ich Ihnen gerne unsere Computer, falls Sie das interessiert. Aber schöner wäre es, wenn ich Ihnen zuhören könnte, einem, der noch etwas von Kultur und den schönen Künsten versteht, was in meinem Leben leider immer mehr zu kurz kommt. Ja, also nochmals vielen herzlichen Dank und entschuldigen Sie mich bei Ihrer Klasse!"

Ich saß schon vor dem Bildschirm und probierte meine Varianten für das Passwort aus. ReZtInHcSzAnGi stimmte. Da Dekan und Geschäftsführer mir über die Schulter schauten, stellte ich als Datum wohl oder übel den 31.12.99 ein.

„Und warum machen Sie das nicht ganz weg?", fragte Moder.

Ich mußte gestehen, daß ich nicht wußte, wie. Jedenfalls hatte ich es bei den Windows-Rechnern nicht gewußt. Bei einer Unix-Maschine wie dem Zentralrechner mußte da schon irgendwie dranzukommen sein. Aber dazu würde ich Zeit brauchen, die ich jetzt nicht hatte.

Viel wichtiger war es allerdings, fiel mir ein, bei allernächster Gelegenheit auch die Rechner von Moder und der Gräfin auf das unendliche Datum einzustellen, nachdem die beiden nun Bescheid wußten.

Der Zigeunerbaron wandte sich an Moder. „Dieser verdammte Hiwi!"

Zu mir gewandt fügte er hinzu: „Entschuldigen Sie den Ausdruck. Aber was der gemacht hat, das ist kein Spaß mehr. Das ist kriminell. Aber dem kann ja keiner mehr was!"

Er machte eine kleine Pause. Dann fügte er, zu Moder gewandt, hinzu: „An was hat der sich wohl noch zu schaffen gemacht?"

Der zuckte die Achseln. „Möglich ist vieles. Wir haben ihm ziemlich vertraut in all den Jahren."
„Jedenfalls heißt das," fauchte Barenyi, „daß wir sämtliche Anlagen in diesem Fachbereich überprüfen müssen und notfalls alles neu einrichten. Wie groß der Aufwand dafür sein wird, muß geklärt werden, bevor wir einen neuen Hiwi-Vertrag vergeben. In der übernächsten Woche ist Fachbereichs-Rat. Ich möchte drei Tage vor der Sitzung dazu eine brauchbare Vorlage, Urbanek!"
Weg war der verbindliche Ton, das ‚Bitte' und ‚Vielen Dank, Herr Dr. Meineke'. Jetzt hieß es wieder. „Ich möchte, Urbanek!" und das ohne Doktortitel. Barenyi rauschte ab.

Immerhin: ich hatte hiermit den offiziellen Auftrag, umfassend zu untersuchen, was Volker Huberti alles gemacht hatte. Ich würde mich dieser Aufgabe annehmen.
„Das wird eine Menge Arbeit, Herr Urbanek," meinte Moder. „Wir haben ohnehin alle Hände voll zu tun und außerdem einen Berg von Liegengebliebenem aufzuarbeiten. Und Sie wissen hoffentlich noch, daß ich ab Mittwoch für fünf Tage in Michigan bin – es geht um ein wichtiges Treffen an der Partner-Universität."
Von wegen wichtiges Treffen. Staatlich bezuschußter Tourismus. Vermutlich mit Jagdausflug in die Rocky Mountains oder so. Das war wieder

so etwas, was für Moder zu den Pflichten gehörte, die er sich gerne aufbürden ließ. Und ich würde mit der ganzen Arbeit hier sitzen dürfen.
Auf dem Weg in mein Büro dachte ich darüber nach, ob die vergangene Stunde eigentlich als Erfolg oder als Mißerfolg zu bewerten war.

Auf meinem Notizzettel entdeckte ich das Stichwort „Eltern“. Nachdem es am späten Nachmittag ruhiger geworden war, rief ich vom Büro aus bei meinen Eltern an. Ich mußte jedenfalls einmal wegen des Darlehens fragen, auch wenn ich nicht glaubte, daß sie etwas hatten. Aber ich mußte in Betracht ziehen, daß sie aus irgend einem Grund bei uns zuhause anriefen und Carmen erführe, daß ich nicht einmal mit ihnen geredet hatte. Diese peinliche Situation wollte ich mir doch lieber ersparen.
Meine Mutter war am Apparat. Wie schön, daß ich wieder einmal anrief! Wir tauschten die üblichen Floskeln aus: ‚Alles gesund? Wie geht's den Kindern? Endlich mal schönes Frühlingswetter! Sehen wir dich im Sommer einmal?‘. Ich erzählte ihr, daß wir ernsthaft daran dächten, ein Haus zu kaufen, und daß wir dazu die Finanzierungsmöglichkeiten abklären müßten. Der Finanzberater, den ich schnell erfand, hatte uns gebeten, zu überprüfen, ob seitens der Familien Möglichkeiten bestünden, einen Zuschuß oder ein zinsloses

Darlehen zu bekommen. Ich erwartete zwar nichts, aber ich fragte hiermit wenigstens mal nach.
Die Reaktion überraschte mich total. Meine Mutter war ganz begeistert von der Vorstellung, daß wir uns ein Haus kaufen wollten. Was das Geld anging: so ein Zufall! – sie hatten gerade eine Lebensversicherung ausbezahlt bekommen und beschlossen, daß Iris, meine Schwester, und ich je die Hälfte bekommen sollten. Sie bräuchten es ja nicht, sie wollten kein eigenes Haus mehr kaufen oder gar bauen. Die Wohnung hätten sie ja, die reichte ihnen. Und wenn sie es uns später gäben, könnte es sein, daß der Fiskus noch mitkassieren wollte, man wüßte ja nie. Solche Gedankengänge war ich von meiner Mutter nicht gewohnt. „Also 80.000 Mark könnt ihr sofort haben," sagte sie. „Und es freut uns, wenn ihr es jetzt brauchen könnt. Wenn's etwas mehr sein soll, wird es wohl auch gehen. Aber laß mich erst mit Vater reden, wenn er nachher heimkommt."
Ich war platt.

Als ich heimkam, wußte Carmen schon über das zentrale Ereignis des Tages Bescheid. Paps hatte ganz begeistert angerufen. Sie hatte ja nie von mir erfahren, daß Prof. Barenyi – sie sagte plötzlich nicht mehr Zigeunerbaron, wie sie es von mir kannte – so ein charmanter Gesprächspartner war. Na ja, mir gegenüber war er das ja auch nie. Paps würde ihn sicher mal besuchen, wenn er das nächste Mal zu uns käme. Und in der Schule wären alle mächtig beeindruckt, daß der Chef vom Informatik-Fachbereich der Uni Paps so dringend brauchte, daß er aus dem Unterricht geholt werden mußte.

Nachdem die Kinder im Bett waren, erzählte ich ihr zunächst einmal von den 80.000 Mark. Sie war ganz aus dem Häuschen. „Mensch, Kläuschen!“ jubelte sie und fiel mir um den Hals. Sie war wieder ganz die Alte.
‚Kläuschen, mein Mäuschen‘ hatte sie mich in Zeiten der ersten Verliebtheit genannt. Damals hatte ich das ja auch noch ganz lieb und lustig gefunden. Aber sie hatte es beibehalten und mich oft sogar vor fremden Leuten so genannt. Mir war das oft unangenehm und peinlich gewesen. Einmal hatte es sogar der Zigeunerbaron mitgekriegt. Jetzt fiel mir auf, daß sie das schon lange nicht mehr gesagt hatte.
„240 bis 280 Tausend haben wir, ein Kredit über gut 100.000 ist absolut kein Problem – das kriegen wir ganz locker hin.“ Carmen geriet in Fahrt. „Vielleicht sollten wir uns doch noch einmal das andere, das schönere Haus anschauen!“
Ich mußte ihren Schwung bremsen. Jetzt war der Moment, ein paar Karten auf den Tisch zu legen.

„Carmen, das mag ja alles sein, aber was meine Zukunft angeht, scheint mir eine Menge ungewiß. Ich bin ehrlich ziemlich skeptisch in bezug auf meine Chancen in Kaiserslautern."

Das war stark untertrieben: sie waren gleich Null!

„Kassel ist ebenso wie Erlangen nichts, Passau" – hatte ich ihr davon überhaupt schon etwas gesagt? – „ist eher unwahrscheinlich. Als einziges steht eine Anfrage aus Graz noch im Raum."

Bevor ich weiterreden konnte, fauchte sie mich schon an:

„Du spinnst wohl! Graz, das kannst du mit uns nicht machen! Nein!" – Sie rannte heulend aus dem Zimmer.

Wanderung zur Weltachs

Am Dienstag rief Marga wieder an. Wenigstens erwischte sie mich in der Uni.

„Am Donnerstag um 10 Uhr ist Treffpunkt am Bahnhof."

Ich brauchte einen Moment, um zu begreifen, worum es ging. Die Wanderung mit Volkers Ex-Freunden. Sie würde, meinte Marga, etwa vier Stunden dauern. Ob ich mitkommen könnte. Sonst würde es knapp werden – sie käme mit Leuten im Auto, die gleich nach dem Abschluß der Wanderung wieder zurück nach Trier wollten.

Donnerstag, ich überlegte: da war irgend etwas mit Gemeindefest, Mittagessen auf dem Kirchenvorplatz, Kinderprogramm – vorher ein Familiengottesdienst, bei dem einige Kindergartenkinder, darunter auch die unseren, etwas singen sollten. Wunderbar für Carmen und die Kinder, ein Grauen für mich. Ich mußte mir bloß noch eine Ausrede einfallen lassen, die gut genug war. Die Kinder würden ziemlich enttäuscht sein, wenn ihr Papi nicht mitkommen würde, um sie singen zu hören.

Ich sagte Marga zu und hatte auch schon bald eine gute Idee: Vatertagsausflug vom Fachbereich – nichts Offizielles, aber einige wichtige Leute mit von der Partie. Wenn ich betonte, daß es um Beziehungspflege ginge, würde Carmen verstehen, daß ich da mit mußte. Sie wollte ja, daß ich mir meine Chancen auf die Stelle als Geschäftsführer erhielt. Außerdem würde das erklären, warum ich, der Wandermuffel, mich auf eine Wanderung einließ. Ich würde ihr versprechen, um drei Uhr wieder daheim zu sein und mich nicht zu besaufen.

Am Himmelfahrtstag lieferte ich die restliche Familie an der Kirche ab und ging den Treppenweg zum Bahnhof hinunter. Dort herrschte ein ziemliches Gedränge, aber schließlich entdeckte ich Marga inmitten einer Gruppe von Leuten, die nach Wandertag aussahen. Es waren, wie sich herausstellte, vor allem Elektrotechniker und Bauingenieure, aber auch zwei Mathematiker und ein Wirtschaftsingenieur waren darunter. Gottseidank war keiner Informatiker. Die meisten hatten ihr Diplom schon, einige promovierten gerade, ein paar wenige studierten noch. Die wenigen weiblichen Wesen waren allesamt Freundinnen von Teilnehmern. Fast alle kamen aus der Trierer Ecke. Der Dialekt war dementsprechend schauderhaft. Mich wunderte es, daß Volker in diese Gesellschaft gepaßt haben sollte. Marga klärte mich auf: das wäre nur zum Teil noch die alte Clique, zu der sie und Volker früher gehört hätten. Es wären seit einigen Jahren aber auch Jüngere dabei. Und außerdem wäre Volker früher durchaus anders – geselliger, lebenslustiger – gewesen. Aber schon in den letzten zwei oder drei Jahren sei nur noch sie mitgewandert und hätte Volker dann hinterher besucht. Deswegen wäre es auch ganz normal für sie, in diesem Jahr wieder mitzukommen.

Der Weg führte durch ziemlich bergiges Waldgelände in Richtung Mölschbach. Die Gruppe hastete durch das Gelände, als wäre das Ganze ein Querfeldeinrennen. Ich hatte Schwierigkeiten,

Schritt zu halten. Für ein Gespräch mit Marga reichte meine Puste nicht. Außerdem war offensichtlich der Wirtschaftsingenieur sehr an ihr interessiert.
In der Nähe von Mölschbach machten wir vor einer seltsamen Skulptur halt, der „Weltachs". Einer von den Bauingenieuren war Pfälzer. Er las einen Mundart-Text vor, der von einem Heimatdichter namens Paul Münch stammte. Kern des Gedichts war, soweit ich das verstehen konnte, daß die Pfalz einst Mittelpunkt der Welt war und vermutlich auch der Sitz des Paradieses. Die Skulptur war anscheinend nach dieser Dichtung hier aufgebaut worden. Alle lauschten eifrig und applaudierten begeistert. Mir kam das Ganze ziemlich albern vor, auch wenn das Gedicht dieses Paul Münch ziemlich berühmt zu sein schien. Immerhin kam es mir in den Sinn, daß ich erstmals meinem Schwiegervater etwas Literarisches voraushatte.

Es wurde gepicknickt. Ich hatte nichts dabei. Jemand gab mir ein Brot ab, auf dem so dick Leberwurst drauf war, wie es bei uns zuhause undenkbar gewesen wäre. Aber es schmeckte. Der Wirtschaftsingenieur scharwenzelte dauernd um Marga herum. Mit mir redete keiner. Das machte mir im Moment jedoch nichts aus – ich brauchte die Rast, um mich auszuruhen.

Kurz darauf ging es, wie ich schon befürchtet hatte, im selben Tempo weiter und auf einem anderen Weg wieder zurück zum Bahnhof. Ich trottelte hinterher. Alle Muskeln taten mir weh und ich sah schon Marga verschwinden, bevor wir ein persönliches Wort gewechselt hatten. Ich kam mir höchst überflüssig und unendlich doof vor und erging mich in Gedanken des Selbstmitleids. Den Muskelkater und den Frust hätte ich mir wirklich ersparen können.
‚Was sind das für Menschen,' dachte ich, ‚die sich so etwas als Feiertagsgestaltung aussuchen: im Eiltempo durch den Wald – dann Applaus für ein albernes Mundartgedicht und wieder heim? Da wäre ja das Kirchenfest mit Gottesdienst, Eintopfessen und Kinderbelustigung noch besser gewesen!'

Marga riß mich aus meinen trüben Gedanken.
„Sorry, ich habe noch gar keine Zeit gefunden für Sie – oder darf ich du sagen, Klaus, so heißt du doch?"
„Klar!"
„Paß auf," sagte sie. „Wir haben die Heimfahrt um eine Stunde verschoben, weil die Jungs noch in eine Kneipe wollen. Du hast doch noch Zeit."
Ich nickte zustimmend.

„Dann setzen wir zwei uns jetzt irgendwo zusammen hin, wo wir in Ruhe reden können. Weißt du eine passende Kneipe?"
Ich hatte keine rechte Ahnung. Am Kneipenleben in Kaiserslautern, über das die Meinungen sehr auseinandergehen – manche finden's toll, andere behaupten, es sei kläglich – nehmen wir nicht teil. Wir gehen einmal im Monat essen, fast immer zum Portugiesen. Das mögen wir, weil es uns an unseren ersten gemeinsamen Urlaub an der Algarve erinnert. Aber dahin wollte ich auf keinen Fall mit Marga. Unter Umständen machte der Wirt beim nächsten Mal noch eine Bemerkung, wenn Carmen dabei war.
Ich hatte ja wirklich nichts mit dieser Marga. Aber das Ganze heute mußte für jeden Außenstehenden so aussehen, als ob ich fremd ginge.
Wir landeten schließlich in einer Pizzeria in Bahnhofsnähe, die zwar nicht toll, aber wenigstens bis auf zwei Italiener leer war. Die Luft stank nach kaltem Rauch.
Wir setzten uns in die letzte Ecke. Ich bestellte einen Salat und ein Bier, Marga eine Cola. Dann erzählte ich. Marga hörte aufmerksam zu und warf nur gelegentlich eine Bemerkung ein oder stellte eine Frage. Als ich an die Stelle mit den Passwörtern kam, unterbrach sie mich.
„Mensch, das ist in der Kiste, die ich noch von Volker habe. Jede Menge Reclam-Heftchen mit

Opern- und Operetten-Texten – ja, ein ganzer Karton voll. Die hat er mir mal gegeben und irgendwas gesagt von wegen ‚bei mir verstecken als Sicherheit' oder so ähnlich. Ich habe da nie reingeschaut und sie einfach irgendwo hingestellt. Aber die finde ich ganz sicher. Ich kann sie dir schicken."

Hurra! Endlich eigene Opern-Texte – lieber würde ich hundert Reclamhefte lesen, als noch einmal Paps um Hilfe zu fragen.

Ich versuchte herauszukriegen, für wie verrückt oder komisch – ich mußte bei der Wortwahl schon aufpassen – Marga selbst denn ihren Volker gehalten hatte.

„Er war schon ziemlich verbohrt," meinte sie. „Aber ich glaube nicht, daß er Wahnvorstellungen hatte. Da war immer etwas Reales dran an dem, was er im Kopf hatte." Da war sie sich ganz sicher. Was sie allerdings auch schlimm fand, war, daß er alle, die ihm nicht glaubten, verdächtigte, daß sie ‚von denen' gekauft seien. Das hatte mehr als alles andere zu seiner Isolation beigetragen.

Zum Schluß traute ich mich dann doch, sie zu fragen, warum sie sich denn von ihm getrennt hatte. Sie schien mit der Frage gerechnet zu haben.

„Ja, er hat sich immer mehr in seine Sache verrannt. Er hat gar keine Zeit mehr für mich und irgendwie auch kein Interesse mehr an mir ge-

habt. Irgendwann hatte ich den Eindruck, daß es ihm gar nicht mehr wichtig war, ob ich komme, ja sogar, daß es ihm ganz recht war, wenn ich mal an einem Wochenende nicht kam. Dann konnte er ungestört vor seinem Rechner hocken. Einmal war ich bei ihm. Er hat den ganzen Abend wie besessen an einer Sache gearbeitet. Ich habe erst ferngesehen. Um kurz nach Mitternacht bin ich dann ins Bett. Als ich um fünf Uhr aufgewacht bin, war ich immer noch allein. Ich bin rüber zu ihm – er saß vor seinem Rechner. Als er mich wahrnahm, schaute er kurz zu mir auf und sagte strahlend ‚Ich glaube, ich hab ihn' oder so was Ähnliches. Danach machte er sofort wieder weiter. In dem Moment habe ich gedacht: du bist hier fehl am Platz, so hat das keinen Sinn. Ich bin am nächsten Morgen fort, als er noch schlief. Er hat nicht mal angerufen."
Sie schluchzte. „Wenn er sich gemeldet hätte und irgendwas erklärt, dann wäre ich doch wieder zu ihm gekommen – aber er war so total in seiner Verbrecherjagd gefangen, daß er mich anscheinend nicht mal vermißt hat."
Sie schaute auf die Uhr. „Ich muß los – wohin soll ich dir die Hefte schicken?"
Ich überlegte. An den Fachbereich? Nein. Frau Graf war gelegentlich zu neugierig und machte aus Versehen etwas auf, was sie nichts anging Außerdem ging das dann über Moders Schreib-

tisch und der würde fragen, warum ich denn plötzlich private Post an die Uni kriegte. Das machte ich sonst nie. Also nach Hause? Das war auch nicht toll. Carmen würde irritiert sein. Es war aber trotzdem das kleinere Übel. Die Paketpost kam meistens mittags zwischen zwölf und eins. Wenn Marga das Paket am Freitag Nachmittag oder Samstag Morgen auf die Post brachte, würde ich es einrichten können, am Montag Mittag rechtzeitig zuhause zu sein.
Langsam fragte ich mich, ob ich eigentlich auch schon unter Verfolgungswahn litt. Wurde ich Volker immer ähnlicher?
Marga notierte sich meine Anschrift und hastete los. Dann drehte sie sich um und kam noch mal zurück.
„Ich bin ja so froh, daß du der Sache nachgehst. Weißt du, wir zwei sind die einzigen, die nicht glauben, daß Volker verrückt war oder sich aus Dußligkeit selber umgebracht hat. Danke!"
Sie gab mir einen Kuß. Ich war von den Socken und fühlte mich erstmals seit Tagen fröhlich.

Ich zahlte und machte mich auf den Weg. Die schmerzenden Füße machten sich bemerkbar. Der Weg bis auf den Lämmchesberg kam mir verdammt weit vor. Die fröhliche Stimmung war wieder weg.

Zuhause ging es einigermaßen glimpflich ab. Olivia rümpfte die Nase: „Papa, wo warst du denn? Du stinkst nach Rauch.“ Ich grinste Carmen an und versicherte ihr, daß ich der einzige war, der nur ein Bier getrunken hatte.
Für den Muskelkater konnte ich kein Mitleid erwarten. Carmen ging seit einiger Zeit Joggen und empfahl mir seitdem, ebenfalls Sport zu treiben. Aber damit hatte ich es noch nie. Das Sportlichste, wozu ich es je gebracht hatte, war der Tanzkurs in Paderborn, zu dem mich ein Kumpel mitgeschleppt, und bei dem ich dann Carmen kennengelernt hatte. Nachdem der Hauptzweck der Übung – Kennenlernen einer Person weiblichen Geschlechts – erfüllt war, verlor sich mein sportliches Interesse sehr bald wieder.
Ich verzog mich in die Badewanne, während die Kinder, die sehr zufrieden von ihrem Kirchenfest heimgekommen waren, noch das schöne Wetter im Garten genossen.

Schweine

Der Freitag nach dem Feiertag war an der Uni wie in jedem Jahr ein ruhigerer Tag. Natürlich hielten die Professoren ihre Vorlesungen. Schließlich sollte nicht der Eindruck entstehen, bei uns würde gefaulenzt. Aber viele Mitarbeiter hatten dennoch frei genommen, um ein langes Wochenende zu haben. Auch Frau Graf war weg und Moder befand sich ja auf Dienstreise. Mir stand der Sinn nicht eben gerade nach einem verlängerten Familienwochenende. Deshalb nutzte ich die Gelegenheit, so lange wie möglich in der Uni zu bleiben. Ich hatte das Büro für mich und arbeitete den Stapel Papiere ab, der sich in den vergangenen Tagen aufgehäuft hatte. Zwischendrin schweiften meine Gedanken immer wieder ab. Graz, Volker Huberti, Graz, der Zigeunerbaron, meine wehen Füße, Margas Kuß, Carmens Eifersucht, meine Lügereien …

Am Samstag schauten wir uns die beiden Häuser noch einmal von allen Seiten an. Das bessere sollte allerdings 480.000 kosten. Das war zuviel. Carmen schwärmte von diesem, plante jenes, machte den Kindern Vorschläge und Versprechungen. Sie war so mit sich und ihren Plänen beschäftigt, daß ich eigentlich gar nichts tun mußte, als ab und zu mit dem Kopf zu nicken. Außerdem konnte ich ja immer sagen, ich wollte mir dies oder das noch einmal genauer anschauen und so für ein paar Minuten allein sein.
In einem solchen Moment wurde mir klar, daß ich vorhatte, mich in Graz zu bewerben. Wir würden das billigere Haus kaufen. Das Geld, das wir als Kredit aufnehmen würden, konnten wir

zur Renovierung verwenden. Carmen und die Kinder sollten es schön haben. Ich selber würde nicht viel brauchen in Graz – ein kleines Appartement, so wie in den Studentenjahren in Paderborn. Jedes zweite Wochenende würde ich heimkommen.
Wahnsinn! Wie konnte ich so etwas denken? Das hieß de facto Trennung von der Familie. Ich verbot mir die Gedanken. Aber in meinem Kopf dachte es weiter.

Am Sonntag stand ich der Familie zur Verfügung. Wir beschlossen, endlich einmal auf die Gartenschau zu gehen, die wir in diesem Jahr noch nicht einmal besucht hatten. Im vorigen Jahr, als auf dem gleichen Gelände die Landesgartenschau stattgefunden hatte, hatten wir zwei Dauerkarten gehabt und waren fast jede zweite Woche dort gewesen. Die Kinder hatten den Spielplatz geliebt. Und vor allem waren sie verrückt auf die Holzschweine mit Rädern gewesen, auf denen wir sie durch die Gegend schieben konnten.
Unser Besuch begann deshalb auch äußerst tragisch. Es gab keine Holzschweine mehr, jedenfalls keine mehr für unsere Kinder. Olivia war untröstlich. Als wir mit zwei mehr oder minder quengeligen Kindern am alten Schlachthofgebäude, wo die Blumenschau stattfand, angekommen

waren, begegnete uns ausgerechnet der Zigeunerbaron – mitsamt Gattin und Enkelkind, letzteres auf einem Holzschwein. Schlimmer konnte es nicht kommen.
Prof. Barenyi grüßte höflich, stellte uns seiner Frau vor und erkundigte sich sogleich bei Carmen nach unseren ‚süßen' Mädchen. Das waren doch die, von denen Herr Dr. Meineke gesprochen hatte. Er rief seinen Enkel herbei. Carsten sagte artig guten Tag. Olivia schrie noch mehr, weil sie das Schwein haben wollte. Also mußte der Kleine absteigen und Olivia durfte darauf sitzen. Der wohlerzogene Enkel protestierte nicht einmal. Barenyis wollten auch gerade zum Spielplatz. Und so gingen wir gemeinsam über die Brücke, die dort hin führte. Der Herr Professor im angeregten Gespräch mit Carmen, seine Frau höflich und interessiert, aber stumm daneben. Ich beschäftigte mich mit den drei Kindern. Carsten, zugegebenermaßen ein ganz netter Spielgefährte für unsere Mädchen, war froh, daß er andere Kinder zum Spielen gefunden hatte. So verlief die nächste Stunde eigentlich recht harmonisch.
Trotzdem packte mich jedesmal die Wut, wenn ich das freundliche Getue meines Chefs Carmen gegenüber mit ansah. Und sie schien es auch noch zu genießen. Gottseidank mußten die Barenyis nach einer knappen Stunde nach Hause. Das Schwein ließen sie unseren Kindern.

Abends gerieten Carmen und ich in Streit.
„Klaus, ich verstehe dich nicht. Du hast dich wirklich unmöglich benommen! Das wäre doch die Chance für dich gewesen, ein besseres Verhältnis zu deinem Chef zu bekommen. Stattdessen hast du außer Guten Tag kein einziges Wort mit ihm geredet und dich nur abseits gehalten."
„Sei doch froh. Ich habe mich um die Kinder gekümmert. Da konntest du wenigstens mit ihm herumschäkern. Ich kann diesem Typ gegenüber nicht freundlich sein."
„Also, jetzt tu doch nicht so, als ob er die Verkörperung des Bösen wäre. Ich finde wirklich, daß er ganz nett sein kann."
„Der und nett? Ein Schwein ist er, ein Schwein, sonst nichts!" Ich war wütend. Merkte sie denn nicht, daß seine ganze Freundlichkeit nur geheuchelt war, weil er ihren Vater hatte ausnutzen können?
„Klaus, du bist total ungerecht. Du bist verbohrt in deinen Haß und schadest dir nur selber – und du schadest uns!"
Auf wessen Seite stand sie denn jetzt? Hatte er sie so beeindruckt? Ich war unendlich sauer. Meine eigene Frau redete positiv über den Zigeunerbaron, anstatt zu mir zu halten.
Carmen war nicht bereit, meine Sicht der Dinge zu akzeptieren. Sie hatte ja keine Ahnung, wie sich der Zigeunerbaron am Fachbereich auf-

führte. Sie glaubte mir nicht einmal, daß er es war, der mir die Stellen, um die ich mich beworben hatte, verdarb. Am Schluß verstieg sie sich zu der These, daß, wenn ich mich nur anders – besser, höflicher, kooperativer, weniger vorurteilsbeladen – verhielte, Barenyi mich entweder behalten oder mir eine gute Empfehlung mitgeben würde.
Wütend verschwand ich in meinem Arbeitszimmer.

Schatzkiste

Am Montag mußte ich im Büro allen möglichen Kleinkram erledigen, den Moder liegengelassen hatte. Um kurz vor zwölf erst kam ich endlich an meinen eigenen Schreibtisch. Der Rechner streikte. Das gab es nicht! Das Ding war schließlich durch ein Passwort geschützt.
‚Volker Huberti, du gemeiner Hund!' Irgendwie nahm ich ihm das persönlich krumm: ich hängte mich rein, um herauszufinden, was er vorgehabt hatte; ich versuchte, sein Unternehmen fortzusetzen; ich riskierte hier einiges, um ihn zu rehabilitieren – und er manipulierte meinen Rechner Das zeugte nicht gerade von Dankbarkeit. Und es handelte sich um meinen Rechner. An dem hatte er als Hiwi nichts, aber auch rein gar nichts verlo-

ren! Andererseits – wie hätte er wissen sollen, daß ich mich auf seine Seite schlagen würde?
Mein Passwort war natürlich schlecht versteckt – unter der Schreibtischauflage. Aber ich ärgerte mich trotzdem. Im Nachhinein wurde mir erneut bewußt, wie unscheinbar, ja geradezu unsichtbar Volker gewesen war. Er mußte wohl viel häufiger in meinem Zimmer gewesen sein, als ich wahrgenommen hatte. Und ich hatte mir genauso wenig wie alle anderen etwas dabei gedacht.
Ich fand mein persönliches Opernrätsel sofort: *Dem, der waget, reicher Lohn gebührt. Doch behutsam auf rauhen Pfaden! Ein falscher Tritt zum Abgrund führt.* Verrückt, geradezu hellseherisch! – aber wie hatte Volker wissen können, daß ich mich auf gefährliches Terrain begeben würde? Na, wenigstens würde ich dafür diesmal nicht mehr bei Paps anrufen müssen. Ich kriegte ja die Reclam-Hefte.
Die Reclam-Hefte! Ich schaute auf die Uhr. Shit!, Es war doch zu spät geworden. Um fünf nach eins kam ich zuhause an – das Paket war schon da.
Carmen fragte mit ziemlich giftigem Tonfall, was das denn nun sollte. „Schickt sie dir jetzt schon Pakete?"
Ich packte vor ihren Augen aus, um ihren keinen weiteren Grund zur Eifersucht zu geben. Sie schaute ziemlich verdutzt, als sie die Sammlung

abgegriffener Reclam-Heftchen erblickte. Glücklicherweise war kein Brief dabei, lediglich ein Zettel: ‚Anbei die Schatzkiste, Gruß Marga.'

Abends stürzte ich mich auf die Lektüre: *Ein Maskenball, Fidelio, Tannhäuser, Cosí fan tutte, Der fliegende Holländer, Iphigenia in Aulis, Zar und Zimmermann, Tristan und Isolde, Orpheus in der Unterwelt, Entführung aus dem Serail, Barbier von Sevilla, Die lustigen Weiber von Windsor* und so weiter und so fort.

Ich las. So ein Schwachsinn! Das Niveau der meisten Texte lag zwischen seicht und hirnrissig. Manche verstand ich auch überhaupt nicht. Wenn das die Kultur war, die mein Schwiegervater mir voraus hatte, dann, so fand ich, gab es keinen Grund für mich, seinen Doktortitel mit größerer Hochachtung zu betrachten, als er das dem meinigen gegenüber tat.
Volker hatte viele Stellen unterstrichen, manche Absätze auch farbig markiert. Ob darin die Passwörter versteckt waren? Ich begann mit dem *Zigeunerbaron*. Das war auch nicht gerade die spannendste Lektüre. Im *Finale I* fand ich das Zitat. Genauso ging es mit dem *Freischütz*, den er Moder, dem passionierten Jägersmann zugedacht hatte, und mit der *Zauberflöte*, aus der das Passwort für Frau Grafs Rechner stammte.

Hej, Frau Graf spielte Querflöte im Uni-Orchester! Volker, Volker, ich komme dir auf die Schliche!
Aber wo sollte ich in meinem Fall suchen? Was für einen Titel hatte Volker mir zugedacht? Ich blätterte weiter: *Lohengrin*, *Don Pasquale*, *Rigoletto*, *Nachtlager in Granada*, *Carmen* – Carmen? – woher sollte er wissen, daß meine Frau so hieß? Mir fiel ein, daß das nicht schwer war – auf meinem Schreibtisch stand ihr Bild mit Widmung auf der Rückseite. Außerdem, wenn er mein Passwort ausspioniert hatte, würde er wohl auch schlau genug gewesen sein, herauszukriegen, wie meine Frau hieß. Ich fing an zu lesen.
Carmen kam herein: „Weißt Du eigentlich, daß es schon halb drei ist?"
Ich hielt ihr das Heftchen hin: „Schau mal, was ich gerade lese! Vermutlich ist da drin die Lösung für die Datumssperre in meinem Rechner versteckt."
Ich strahlte sie an. Sie schaute verständnislos und machte eine Handbewegung, die wohl heißen sollte ‚total übergeschnappt'. Dann verzog sie sich.
Ich versuchte, weiterzulesen. Aber irgend etwas drängte sich in meinen Kopf. Marga: ‚Da habe ich gedacht, du bist hier fehl am Platz, so hat das keinen Sinn.' So war es gewesen, als sie beschloß, Volker zu verlassen. Mir wurde etwas mulmig.

Ich schlief unruhig auf meiner Couch im Arbeitszimmer.

Die Unterhaltung beim Frühstück bestritten glücklicherweise Pia und Olivia, die Carmen an diesem Tag ziemlich früh in den Kindergarten bringen mußte, weil sie etwas mit einer Freundin geplant hatte. So hatte ich noch eine halbe Stunde Ruhe, die ich unter der Dusche zubrachte.
Bevor ich in die Uni ging, vergewisserte ich mich noch, daß mein Lösungswort wirklich aus *Carmen* stammte. Es fand sich zu Beginn des dritten Akts. Dann notierte ich mir noch die Namen des Komponisten *Georges Bizet* sowie, da es zwei Textschreiber gab, den von *Prosper Merimée*, der die ursprüngliche Novelle verfaßt hatte. Letzterer war dann auch der richtige, mit dem ich meinen Rechner wieder zum Laufen brachte.

Ungarn-Connection

Am nächsten Abend war Carmen mit einigen ihrer neuen Freundinnen weg. Ich brachte Pia und Olivia ins Bett und las ihnen zum x-ten Mal das Märchen vom Fischer und seiner Frau vor. In der anschließenden Diskussion waren wir uns wie immer einig: Frau Ilsebill war eindeutig zu gierig und größenwahnsinnig. Ein Königsschloß muß ja

nicht sein. Andererseits waren beide der Ansicht, daß, wenn zwei vergleichbare normale Häuser zur Auswahl standen, man doch lieber das größere und schönere nehmen sollte. Ich war gerührt von ihrer Bescheidenheit.
Dann eilte ich wieder zu meinen Reclam-Heftchen. Ich hatte eine Idee: Ich legte mir eine Liste der mit Bleistift unterstrichenen Sätze an – wir hatten schließlich noch mehr Rechner im Fachbereich, die Volker gesperrt haben könnte. Heftchen für Heftchen blätterte ich durch.
Um halb zwölf fragte ich mich, ob Carmen inzwischen heimgekommen war. Ich schaute in den Flur. Ihre Sachen waren da. Sie war wohl ins Bett gegangen, ohne in mein Arbeitszimmer zu schauen. Sollte ich mich ärgern oder freuen?

Kurz darauf fand ich im *Fidelio* die Diskette. Ich war elektrisiert. Was hatte Peter gesagt? Wenn er wichtige Daten hätte sichern wollen, dann würde Volker sie irgendwo weit weg auf einer Diskette versteckt haben.
Ich startete meinen Rechner, schob die Diskette ein und fing an zu lesen. Als erstes fand ich einen längeren Text über die wachsende Bedeutung der östlichen Industrie-Spionage. Von der Umorientierung ehemals kommunistischer Geheimdienste, vom Fortbestehen der Querverbindungen aus Ostblockzeiten war die Rede. Das war genau

das, wovon auch Marga bei unserer ersten Begegnung gesprochen hatte. Der Text hatte keine Quellenangabe. Ich vermutete, daß es ein Spiegel-Artikel war.

Mit dem nächsten Text verhielt es sich ähnlich. Er handelte von einem ‚Maulwurf', einem Doppelagenten, den FBI oder CIA erst kürzlich geschnappt hatten und stammte vom März dieses Jahres.

Es folgt eine Abhandlung über die Geschichte diverser Agenten und Doppelagenten und ihre jeweiligen Beweggründe. Warum wird einer zum Verräter? Die Abschnitte waren nach Wichtigkeit gegliedert in ‚Geld', ‚Frauen', ‚Lust am Verrat und am Risiko' und ‚politische Überzeugung', wobei letzteres nach Ansicht der Verfasser erstaunlich selten vorkam. Es war offensichtlich Volker, der unter dem Artikel notiert hatte: ‚Frauen? – unwahrscheinlich, Geld? – Porsche?, Lust am Verrat? – Lust an der Macht, Arroganz!!!, politische Überzeugung – Ungarn-Connection?

Als nächstes kamen zu meiner Überraschung Preislisten für diverse Porsche-Modelle sowie Zubehör-Listen – offensichtlich aus dem Netz heruntergeladen. Was sollte denn das? Mir fiel ein, daß Barenyi seit einem knappen Jahr einen sündhaft teuren Porsche fuhr.

Dann kam wieder ein Text ohne Quellenangabe. Einige offensichtliche, zum Teil sinnentstellende

Fehler ließen darauf schließen, daß hier mit Scanner und Texterkennungsprogramm gearbeitet worden war. Die Dinger funktionierten meiner Erfahrung nach nie perfekt. Der Text selbst war aber durchaus interessant: ein Mann namens Wallander, vermutlich ein Polizist, machte sich darüber Gedanken, wie er sich in seinen Feind hineinversetzen, seine Gefühle nachempfinden, seine Denkweise verstehen lernen und seine Handlungen vorausahnen konnte – es war wirklich spannend zu lesen. Leider brach der Text plötzlich ziemlich abrupt mitten in einem Satz ab.

Dann kam eine lange Aufstellung von Konferenzen, an denen Barenyi in den letzten Jahren teilgenommen hatte, beziehungsweise teilnehmen wollte. Für den 27. bis 30. Mai waren eine Tagung in Ljubljana/Slowenien und ein Symposium in Padova/Italien vermerkt. Das stimmte. Dorthin war der Zigeunerbaron gerade unterwegs. Als letzte Eintragung war für den 6. Juni eine Sitzung des Sachverständigenrates für Datensicherheit beim Wirtschaftsministerium in Berlin eingetragen.
Hinter den Terminen, die bereits stattgefunden hatten, war jeweils sorgfältig vermerkt, welche osteuropäischen Teilnehmer dabei gewesen waren – mit Nationalität. Manche, meist handelte es sich um solche aus Ungarn oder Rumänien, wa-

ren doppelt unterstrichen. In einer weiteren Spalte war angegeben, ob es sich um Leute von Universitäten, aus der Industrie, aus dem Staatsapparat oder aus dem Militär handelt. Gelegentlich fanden sich Vermutungen wie ‚KGB?'
Es folgte eine Zusammenstellung von Vorträgen, die Barenyi gehalten hatte, sowie eine Liste seiner Forschungsprojekte. Beide Listen waren beeindruckend lang. Ich hatte gar nicht gewußt, zu wieviel Themen Barenyi reden konnte. Bei einer ganzen Reihe von Projekten stand als Vermerk ‚Geheim!' Es handelte sich ausnahmslos um Forschungsprojekte, von denen selbst ich noch nichts gehört hatte.
Eine weitere Liste führte deutsche und ausländische Industrieunternehmungen auf, die sich von Barenyi hatten beraten lassen. Sie las sich wie ein ‚Who's Who?' der Hightech-Industrie.
Zuletzt fand ich den „Zeitplan Op. Maulwurf": März/April – Einrichten html-Seite, Mailing-Liste; Mai – Ablenkungsmanöver im FB, Abtauchen; 2./3.Juni – Aktualisierung html-Seite Finanz-Transaktionen Barenyi; 5. Juni – Mail-Versand aktivieren, Gelder B. Einstellen in Homepage.
Angehängt war eine Mailing-Liste, die sämtliche relevanten Presseagenturen, eine große Zahl von staatlichen und Hochschuleinrichtungen, die Vorstände der meisten von Barenyi beratenen

Industrieunternehmen sowie diverse politische Gruppierungen umfaßte.

Das also war Volkers Theorie gewesen. Die Zielperson, die er im Visier gehabt hatte, war der große Chef höchstpersönlich. Barenyi hatte einen guten Ruf. Seit er seinen Lehrstuhl in ‚Lehrstuhl für Datensicherheit' umbenannt hatte, konnte er sich vor Anfragen nach Gutachten und Forschungsprojekten kaum retten. Drittmittel waren nie sein Problem gewesen. Eher, das wußte ich, fehlten ihm die Mitarbeiter. Sein Lehrstuhl war von einer ziemlichen Heimlichtuerei umgeben. Darüber wurde im Fachbereich oft gelästert. Barenyi holte sich seine Leute bevorzugt von außerhalb und ließ sie möglichst isoliert oder in ganz kleinen Teams arbeiten. Mit dem Rest des Fachbereichs hatten seine Mitarbeiter nahezu nichts zu tun. Auch für die Zweitgutachten für die Dissertationen, die bei ihm geschrieben wurden, fand er fast immer Professoren von anderen Unis. Aber sein Name hatte ohne Zweifel einen guten Klang – in der Industrie vor allem, aber auch anderswo. Er saß in diversen wichtigen Kommissionen. Er referierte auf zahllosen Kongressen. Er reiste durch die Welt – was mir ohne Zweifel das Leben angenehmer machte. Er hatte überall Beziehungen – wodurch mir eine Menge Probleme bei meinen Bewerbungen entstanden.

Er traf Leute aus aller Welt, hatte aber aufgrund seiner Herkunft besonders viele und enge Kontakte nach Ungarn.

Und das war anscheinend der springende Punkt: Volker war überzeugt gewesen, Beweise dafür zu haben, daß über diese Ungarn-Connection der Zigeunerbaron an Industriespionage in großem Stil beteiligt war. Wenn das stimmte, war das eine echte Sensation. Barenyi hatte Zugang zu allen möglichen geheimen Dingen, vermutlich auch militärischen. Aber was noch entscheidender war: er war derjenige, der jede Menge deutscher und internationaler Topfirmen in Sicherheitsfragen beriet.

Wenn an diesem Spionage-Ding etwas dran war und Volker ihm auf die Schliche gekommen war, dann, ja dann konnte ich mir sogar vorstellen, daß Marga mit ihrer Mordtheorie recht haben konnte.

Ich blickte auf meine Uhr. Es war kurz vor drei. Wir hatten schon den 30. Mai. Nach Volkers Zeitplan hätte seine Enthüllungskampagne innerhalb der nächsten Woche erfolgen sollen.

Mir drehte sich der Kopf. Ich konnte nicht mehr denken. Aber schlafen konnte ich in dieser Nacht auch kaum – und das lag nicht daran, daß ich schon wieder auf meiner Couch im Arbeitszimmer schlief.

Am Mittwochvormittag rief ich Peter an und fragte ihn, ob wir zusammen einen Kaffee trinken könnten. Am liebsten außerhalb des Hauses. Wir trafen uns um kurz vor drei im Bistro im Bau 36, wo um diese Uhrzeit nicht viel los war.

Ich erzählte ihm erst einmal, daß Volker auch meinen eigenen Rechner lahmgelegt hatte – trotz Passwort.

„Ihnen ist wohl immer noch nicht klar, was Volker alles wußte. Ich vermute, es gab im ganzen Fachbereich kein Passwort, das er nicht rausgekriegt hätte, jedenfalls wenn er wollte.“

„Mit Ausnahme von Barenyi,“ warf ich ein. „In dessen Raum kann doch nie jemand rein.“

„Mag sein,“ räumte Peter ein. „Aber ich würde mich nicht wundern, wenn er auch da seine Tricks gehabt hätte.“

Ich dachte an die Listen auf der Diskette. Irgendwie mußte Volker an die Informationen gekommen sein. Denn auch im Spiegel stand bei weitem nicht so viel, wie er gewußt hatte.

„Was die normalen Leute anging,“ fuhr Peter fort, „so hat er, wenn er das Passwort nicht unter dem Mousepad oder hinter dem Rechner fand, einfach den Betreffenden bei der Eingabe beobachtet. Er hat das mal erzählt: man mußte einfach oft genug zuschauen und sich immer zuerst das erste Zeichen und dann sukzessive eins nach dem anderen merken. Er beherrschte das wirklich. Mit seiner dicken Brille hat er viel besser gesehen, als man ihm zugetraut hätte. Dabei hat er so schläfrig geguckt, daß niemandem ein Verdacht kam. Außerdem war er ja immer und überall völlig unauffällig anwesend. Überlegen Sie mal: wie oft haben Sie Ihren Rechner gestartet, während er in der Nähe war?"

„Ziemlich oft vermutlich," gab ich zu.

„Na also, und ich wette, Sie haben nie das Gefühl gehabt, daß er hinschaut." Das stimmte.

„Sag mal," fragte ich Peter, „hat Volker eigentlich gar keine Skrupel gehabt, so was zu machen. Das war doch schließlich sehr hart an der Grenze zum Kriminellen?"

„Das kann ich mir nicht vorstellen – er verstand das ja bloß als eine Art Sport. Wenn er einem von uns sein Passwort vor die Nase hielt, so ganz freundlich, dann erzählte er einem, wie er es herausgefunden hatte, und gab einem einen Tip, wie man sich in Zukunft besser schützen konnte. Ich glaube auch nicht, daß er jemals von irgend etwas, das er auf fremden Rechnern gefunden hat, illegalen Gebrauch gemacht hat. Wenn er aber der Meinung war, was Sie ja glauben, daß er einer großen Spionage-Sache auf der Spur war," Peter wiegte den Kopf, „dann hätte er sicher keine

Skrupel gehabt. ‚Gegen Kriminelle braucht es schließlich unkonventionelle Methoden' war sein Credo."

Ich ließ ihn noch ein bißchen über Volker und die guten alten Zeiten plaudern. Peter fiel ein anderes Beispiel ein, wo Volker seiner Meinung nach einen illegalen Trick auf Lager hatte, ohne ihn in krimineller Weise zu benutzen. Als Hiwi hatte er auch mit der Telefonanlage des Fachbereichs zu tun gehabt. Wenn man nun von einem fremden Apparat innerhalb des Fachbereichs aus telefonieren wollte, gab es eine spezielle Nummer, die 8809. Danach wählte man die Nummer des Apparats, von dem aus telefoniert werden sollte und dann die gewünschte Rufnummer. Interessant war das in den Jahren gewesen, in denen die Fachschaft ihr Budget überzogen hatte und deshalb keine Ferngespräche mehr führen konnte. Gelegentlich wurden dann Gespräche mit den Fachschaften anderer Hochschulen oder Auslandsgespräche über Moders Apparat geführt, wo das nicht weiter auffiel. Peter wußte nicht, ob dieser Trick noch funktionierte, aber er vermutete es. Volker war in solchen Fällen immer der Meinung gewesen: man muß es ja nicht nutzen, aber man sollte sich wenn möglich alle Optionen offenhalten.

Ich wollte noch einiges von Peter wissen:

„War Volker gut darin gewesen, html-Seiten einrichten?"
„Klar, er hat schließlich die Homepage des Fachbereichs, die auf dem Zentralrechner liegt, weitestgehend selbst erstellt und sie über Jahre gepflegt." Das war richtig. Ich hatte gerade einen Rüffel hinnehmen müssen, weil die Homepage des Fachbereichs nicht up to date war. Die letzten Veränderungen im Personalbereich waren nicht aufgenommen worden. Ich hätte das natürlich tun sollen.
„Wo würde er eine geheime Mailing-Liste versteckt haben?" Ich mußte herausfinden, wieviel von seinem Projekt ‚Maulwurf' Volker schon in die Wege geleitet hatte.
„Auf dem Rechner von Moder oder noch eher auf dem von Frau Graf. Die würde das am allerwenigsten bemerkt haben," meinte Peter.
„Kann es sein, daß er an Barenyis Rechner herangekommen ist?" Das war die entscheidende Frage.
„Sehr schwierig, das zu beantworten. Aber er hat darüber Andeutungen gemacht."
Barenyis Raum war hermetisch verschlossen. Der Zigeunerbaron hatte, als er Dekan wurde, eine komplette eigene Anlage mitgebracht, darunter auch einen Server, der immer am Netz war. ‚Wer andere in Sicherheitsfragen berät, darf nicht zulassen, daß irgend ein Hansel von der Uni seine

Datenströme überwacht,‘ hatte er mehr als einmal getönt. Die Tür zu seinem Allerheiligsten, dem Rechnerraum, in den man nur durch sein Büro gelangen konnte, war mit allen elektronischen Finessen gesichert. Keiner durfte hinein, auch Moder war noch nicht weiter als bis ins Vorzimmer vorgedrungen. Das hatte damals einen Haufen Geld gekostet. Aber Barenyi hatte alles aus eigenen Quellen finanziert und auch mit Personal eingerichtet, das nicht von der Uni war. Die Leute waren von einer Firma gekommen, für die er wohl einiges machte. Soviel – aber eben auch nicht mehr – wußte jeder am Fachbereich.
„Wenn Volker die Geräte in Barenyis Zimmer angezapft hat,“ meinte Peter deshalb, „dann muß er von außerhalb an den Rechner rangekommen sein.“

Ich zahlte unseren Kaffee und bedankte mich bei Peter für die vielen Informationen. Unterwegs notierte ich mir die Telefon-Zaubernummer 8809 und ging noch ein bißchen an meinen Arbeitsplatz.
Ich rief meinen Freund Georg in Graz an und sagte ihm, daß ich mich entschlossen hätte, mich zu bewerben. Er hatte schon seit Tagen auf die Unterlagen gewartet. Ich sollte jetzt gleich eine Bewerbung mit den wichtigsten Unterlagen per Mail an ihn schicken, damit er sie zu denen der

vierzehn anderen Bewerber legen konnte. Sie würden sich dann, wenn ich in die engere Auswahl käme, wofür er sich natürlich einsetzen würde, bei mir melden und die vollständigen Unterlagen anfordern.
Ich brütete eine Zeitlang über der Formulierung. Als ich auf den Send-Button klickte, kribbelte es in meinem Bauch. Ich hatte meine Entscheidung getroffen.

Carmen meinte am Abend, daß sie etwas Wichtiges mit mir zu besprechen hätte. Also setzten wir uns, nachdem die Kinder im Bett waren, ins Wohnzimmer.
Meine Mutter hatte angerufen wegen des Geldes.
„Also als erstes," fing Carmen an „sag mir doch bitte mal, was das denn für ein Finanzberater ist, den wir da angeblich haben? Ich habe überhaupt nicht kapiert, wovon deine Mutter redet. Was hast du ihr denn da vorgelogen?"
„Ach," sagte ich lahm, „ich mußte doch irgend jemanden vorschieben, als ich nach dem Geld fragte. Ich hätte ja nie gedacht, daß Mutter so positiv auf die Nachfrage reagieren würde. Und wenn meine Eltern nichts gehabt hätten, wäre es doch einfacher gewesen, wenn ich gesagt hatte, mein Finanzberater findet das schade, als wenn ich gesagt hätte, du wärst enttäuscht."

Carmen schien von dieser Erklärung wenig überzeugt. Sie meinte, sie frage sich in letzter Zeit schon mal öfters, ob ich ein gestörtes Verhältnis zur Realität hätte.
Dann kam sie zur Hauptsache: Meine Mutter hatte mit meiner Schwester Iris gesprochen. Die brauchte das Geld zur Zeit nicht und hätte nichts dagegen, wenn ich erst einmal alles bekäme. Die 80.000 könnten wir Iris dann in Raten oder später auf einmal bezahlen.
„Das ist irre! Wir kriegen das ganze Haus voll finanziert!"
Sollte ich mich jetzt mitfreuen? Carmens Lebenstraum vom eigenen Häuschen ging in Erfüllung, während ich von einem Einzimmer-Appartement in Graz träumte.
Bei dieser Gelegenheit hatte sie übrigens auch noch einmal mit Paps geredet. Also er war inzwischen eigentlich auch dafür, daß wir in Kaiserslautern blieben. Für die Kinder wäre es mit Sicherheit am besten, auch wenn er sich gefreut hätte, wenn wir wieder in die Nähe von Lippstadt gekommen wären.
„Wenn das mit der Geschäftsführer-Stelle nichts wird, Klaus", kam Carmen auf den Punkt, „dann hast du doch immer noch deine bisherige Stelle?"
Da mußte ich sie enttäuschen. Die Entlastungsstelle würde es für einen neuen Geschäftsführer nicht mehr geben. Das war sicher. Und nach dem

Hochschulrahmengesetz gab es ohnehin eine Höchstgrenze von sechs Jahren, über die hinaus man ohne Festanstellung nicht an einer Uni bleiben durfte. Und an dieser Höchstgrenze war ich bereits angelangt. Solange ich Moder vertrat, würde man da wohl noch ein Auge zudrücken können. Danach keinesfalls mehr. Aber dann würde ich ja auch gar nicht mehr wollen. „Wenn ich jemand anderen vor die Nase gesetzt bekomme, kann ich nicht bleiben. Soll ich den dann vielleicht auch noch einarbeiten, weil ich ja derjenige bin, der den Laden am besten kennt? Moder wird sich einen Teufel darum scheren, wenn er weggeht."
Wenigstens das schien Carmen zu verstehen. Jetzt mußte ich weitermachen.
„Ich habe mein Interesse an der Stelle in Graz bekundet," drückte ich mich vorsichtig aus.
Zu meiner Überraschung flippte Carmen nicht wieder aus. Darüber hatte sie auch nachgedacht, meinte sie. „Dann kommst du eben am Wochenende oder – das ist ja ziemlich weit – jede zweite Woche ein verlängertes Wochenende. Eine Zeitlang wird das gehen. Und für die Ewigkeit wirst du dort ja nicht bleiben müssen."
Ich sagte ihr nicht, daß es gerade zum Job eines Geschäftsführers gehörte, montags in der Frühe als erster und freitags am Nachmittag als letzter anwesend zu sein, um in der Hektik eines Fach-

bereichs die Kontinuität zu verkörpern. Verlängerte Wochenenden würden also sicherlich schwer auszuhandeln sein.
Stattdessen fragte ich zurück: „Und wie stellst du dir das vor mit den Kindern?"
„Viel seltener als zur Zeit sehen sie dich dann auch nicht."
Was sollte ich darauf antworten? Sollte ich mich verteidigen? Lieber schwieg ich. Eine Weile schleppte sich das Gespräch noch hin. Ich bemühte mich, nachdenklich und sorgenvoll auszusehen, während ich innerlich jubilierte: ‚Mensch, was ich selbst kaum zu denken gewagt, was ich mir als unmöglich vorgestellt habe, wird mir sozusagen auf dem silbernen Tablett serviert: ich gehe nach Graz und zwar solo!
Carmen verabschiedete sich, um schlafen zu gehen: sie, sagte sie, müsse sich ja morgen wieder um die Kinder kümmern. Ich verzog mich in mein Arbeitszimmer. Ich war versucht, mir einen Cognac zu genehmigen – etwas, was eher selten vorkam – um mir selbst zuzuprosten. Aber da fielen mir die Kinder ein und ich fühlte mich wieder schlecht.
Trotzdem: meine Gedanken kreisten um Graz. Graz, ich hatte immer noch keine Ahnung, wo das genau lag, geschweige denn, wie es da aussah. Wir waren einmal im Urlaub in Österreich gewesen, in der Nähe von Innsbruck. Hohe Berge,

Schnee und gemütliche Kneipen – mit dem Bier hatte ich mich nicht anfreunden können, aber der Wein hatte mir geschmeckt. Ich würde in Graz öfters mal ein Weinchen schlürfen und mit netten Leuten Karten spielen. Ich würde ab und zu ins Kino gehen und vielleicht auch mal wieder in ein Rockkonzert. Ich würde all das tun, wozu ich seit Jahren nicht mehr gekommen war – natürlich in Grenzen. Ich würde meine Arbeit gut machen. Ich würde bescheiden leben und zur Gewissensberuhigung das meiste Geld in Kaiserslautern abliefern. Gottseidank würde ich dan schon mein Gehalt in Euro ausbezahlt bekommen. Mit den Alpendollars hatte ich immer so meine Umrechnungsprobleme gehabt. Das Siebener-Einmaleins war schon in der Schule einer meiner Schwachpunkte gewesen.

Ich holte mir doch einen großen Cognac und schlief danach mit äußerst angenehmen Gedanken auf der Couch ein.

Telefontrick

Morgens im Halbschlaf dachte ich schon wieder über Volker und seinen – inzwischen war es wohl besser zu sagen: unseren – Kampf gegen den Zigeunerbaron nach. Die Sache mit dem Porsche war irgendwie von großer Bedeutung. Jedenfalls

schien das für Volker ein Knackpunkt gewesen zu sein. So ein Angeberauto war teuer, selbst wenn Barenyi ein Professorengehalt bezog. Woher hatte Barenyi das Geld? Welchen Verdacht hatte Volker – und welche Beweise oder wenigstens Anhaltspunkte? Dem mußte ich nachgehen. Das Jagdfieber hatte mich jetzt endgültig erfaßt.
Das, was Volker nicht hatte vollenden können, würde ich schaffen. Ich würde den Zigeunerbaron auffliegen lassen. Einen Riesen-Skandal würde das verursachen. Und dann ab nach Graz!

Als ich die Augen richtig aufmachte, war das Haus schon verlassen. Ich trank einen Kaffee und machte mich auf den Weg zur Arbeit. Unterwegs hätte mich fast ein Radfahrer überfahren, der entgegen der Einbahnstraße in Richtung Uni brauste.
„Paß doch auf!" schnauzte er mich an.
Ich regte mich auf. „Das ist eine Einbahnstraße hier!"
„Na und?", war alles, was er sagte. Auf dem weiteren Weg in Richtung Uni sah ich noch drei weitere Architekten – durch die schwarzen Röhren, die sie auf den Rücken geschnallt trugen, waren sie als solche unschwer zu erkennen – genauso fahren.

Mittlerweile war es zwanzig nach neun. Auf dem Parkplatz neben dem Verwaltungsturm, dort wo auch die Unispitze parkte, stand Barenyis Porsche.
‚Achtung, er ist wieder da!‘ schoß es mir durch den Kopf. Das hieß, vorsichtig sein bei der Arbeit und vor allem beim Reden.
Trotzdem nahm ich mir die Zeit, sein Auto genauer unter die Lupe zu nehmen. Auf dem Nummernschild war die Firma angegeben. In Karlsruhe hatte er ihn gekauft. Hätte er doch auch in Kaiserslautern tun können. Ich notierte die Nummer des Autohauses in meinem Notizbuch.
Um halb zehn war ich in meinem Zimmer. Frau Graf guckte rein und schaute mich strafend an: „Wo kommen Sie denn jetzt erst her? Machen Sie sich auf was gefaßt!“
Moder bat mich in sein Büro. „Sie haben Glück, daß der Chef schon wieder in einer Sitzung ist, sonst hätte er Ihnen das, was ich Ihnen ausrichten soll, selbst gesagt und das wäre dann etwas drastischer ausgefallen.“ Er machte eine kleine Kunstpause, bevor er in offiziellem Ton weitersprach:
„Also in aller Deutlichkeit: Der Dekan erwartet, daß Sie spätestens um 8.30 Uhr an Ihrem Schreibtisch sitzen. Ein nochmaliges unentschuldigtes Zuspätkommen wird ernsthafte Konse-

quenzen nach sich ziehen, haben Sie das verstanden?" Ich nickte. Das war eine Schweinerei ohnegleichen. Kein Mensch hatte in den letzten Jahren jemals gefragt, wie pünktlich ich zur Arbeit erschien. Hauptsache, meine Arbeit war gemacht. Und die hatte ich immer ordentlich erledigt. Es war im übrigen ja auch völlig normal, daß ich länger blieb, wenn es nötig war. Und jetzt plötzlich gab es feste Arbeitszeiten.
Moder kehrte wieder zu seinem normalen Umgangston zurück: „Verdammt noch mal, Urbanek, was ist denn eigentlich in letzter Zeit mit Ihnen los? Haben Sie Eheprobleme? Nicht? Ja was dann? In jedem Fall rate ich Ihnen: reißen Sie sich doch zusammen!" Ich merkte trotz der harten Worte, daß es ihm leid um mich tat.
„Ansonsten kümmern Sie sich bitte zuallererst um den großen Rechner im Hiwi-Raum – zur Abwechslung streikt der dieses Mal."
Ich ging hinüber zu den Sklaven des Fachbereichs und schaute mir das Setup des Rechners an: mit Hilfe der Zitatensammlung in meinem Notizbuch hatte ich den Schaden in Kürze behoben. Ein Zitat aus dem *Barbier von Sevilla* hatte er dieses Mal ausgesucht: *Nun bleibt der Impertinente mir zur Plage im Quartier. Wenn ich ihn entfernen könnte, ach, was gäbe ich dafür!* Eine nette Idee, fand ich, in Anbetracht unserer zwei häufig verliebten spanischen Hiwis. Man konnte das mit dem Im-

pertinenten aber durchaus auch auf den Zigeunerbaron beziehen.

Ich kehrte in mein Zimmer zurück und riß mich zusammen. Der Porsche und das Geld – wenn das für Volker so wichtig gewesen war, was hatte das zu bedeuten? Ich mußte mich in ihn hineinversetzen, seine Gedanken verstehen, tun, was er getan hatte – oder getan hätte. Wie konnte ich herausbekommen, von welchem Geld Barenyis Porsche bezahlt worden war? Ich konnte doch nicht einfach in der Firma in Karlsruhe nachfragen.

Plötzlich kam mir eine Idee: der Telefontrick. Ich mußte mich als Barenyi ausgeben und von seinem Apparat aus telefonieren. ‚Im Kampf gegen Kriminelle ist jedes Mittel erlaubt', so hatte Volker es gesehen. Also keine Skrupel!.

Also, warum wollte ich, Barenyi, das wissen? Der Steuerberater – das paßte doch zu meinem Finanzberater – wollte es wissen. Ich, vielbeschäftigter Professor, hatte meine Unterlagen verschlampt. Das klang gut – ich mußte nur nach einer Kopie fragen.

Ich war ganz begeistert von mir und meiner Idee. Am besten würde ich sie gleich in die Tat umsetzen, solange Barenyi noch in seiner Sitzung war. Aber halt! Nicht von meinem eigenen Zimmer aus! Es könnte schließlich jemand hereinkommen. Das Zimmer abzuschließen war im Fachbereich unüblich – im Zweifelsfall würde es Verdacht erregen. Ich ging die Möglichkeiten des Hauses durch und wurde fündig: das kleine Doktoranden-Zimmer auf der anderen Seite neben dem Hiwi-Zimmer. Da würde sicher keiner reinschauen. Unser chinesischer Kollege, der dort arbeitete, war auf einer Tagung in Darmstadt. Zur Tarnung könnte ich mir ja seinen Rechner vornehmen und überprüfen, ob eine Datumssperre eingebaut war.

Ich ging nach hinten, schloß die Tür und setzte mich ans Telefon. 8809, die Geheimnummer – 6265, die Nummer von Barenyis Apparat in seinem Zimmer – 0 für das Freizeichen, 0721, die Vorwahl von Karlsruhe und 120190 die Nummer vom Autohaus.
„Porsche-Zentrum Karlsruhe, Guten Tag. Was kann ich für Sie tun?“ säuselte eine Stimme.
„Professor Dr. Barenyi, Kaiserslautern am Apparat. Ja genau der – ich habe eine kleine Bitte an ihre Buchungsabteilung. Mein Steuerberater hat mich gebeten, die Quittung, bzw. den Überweisungsbeleg für meinen Wagen beizubringen. Ja, ja, der Fiskus ist immer mißtrauisch, ha, ha.“ In Erinnerung an das Gespräch, das der Zigeunerbaron mit der Schulsekretärin meines Schwieger-

vaters geführt hatte, fand ich es ganz passend, in ähnlichem Tod zu scherzen.
„Also bei mir kann ich im Moment nichts finden. Es tut mir schrecklich leid. So etwas kommt mir eigentlich nicht häufig vor." Barenyi würde nie gesagt haben: ‚ich habe ein fürchterliches Durcheinander', obwohl bei ihm meist ein ziemliches Chaos herrschte, wie ich wußte.
Die Dame verstand, der Herr Professor habe sicherlich viel zu tun. Ob ich eine Kopie bräuchte oder ob ein Fax vorerst reichte?
„Ja, ein Fax wäre für's erste sicher ausreichend", meinte ich gnädig. „Schauen Sie doch am besten gleich nach, ob Sie das finden! Entschuldigen Sie die Eile, aber ich bin schon wieder auf dem Sprung in eine wichtige Besprechung, müßte eigentlich längst weg sein. Ja, ja ich bleibe am Apparat."
Die Dame machte sich auf de Suche. Ich wartete hoffnungsvoll. Es dauerte und dauerte: Düdeldü – ‚bitte haben Sie einen Moment Geduld!' – düdeldü – ‚please hold the line!' – düdeldü. Ich wartete.

Auf dem Gang waren eilige Schritte zu hören. Dann ertönte ein Gebrüll, die Stimme von Barenyi: „Wer war in meinem Büro? – Frau Graf! Verdammt noch mal: wo sind Sie, Frau Graf?"

Irgend etwas war schiefgegangen. Ich legte hastig den Hörer auf und startete den Rechner. Barenyi, der jetzt bei Moder im Zimmer war, brüllte so laut, daß ich das meiste mitkriegte.
„Das ist ja nicht das erste Mal, daß jemand in meinen persönlichen Angelegenheiten herumschnüffelt. Ich habe ja so etwas befürchtet. Mein Autohändler hat mich gleich auf meinem Handy zurückgerufen. Aber verdammt noch mal: der Anruf kam von meinem Apparat 06312056265 – das kann ja wohl nicht sein. Und die verdammte Frau Graf ist auch nicht da. Und wo ist denn überhaupt der Urbanek?"
Jetzt wurde es ernst. Wieder ertönte das Gebrüll.
„Frau Graf, wo kommen Sie denn jetzt her? Was – aus der Mathematik? Was haben Sie da zu tun? Kaffee zu trinken in der Arbeitszeit? Was – die Pause steht Ihnen zu? Trotzdem: warum sind Sie nicht im Büro, wenn hier die größten Schweinereien passieren? Und wo ist der Urbanek – ich hab doch schon gefragt: wo ist der Urbanek?"
Ich beschloß, aus dem Zimmer zu kommen. Die richtige Zeile im Setup war jetzt auf dem Bildschirm. Ich versuchte, so harmlos wie möglich auszusehen.
„Urbanek, wo stecken Sie denn die ganze Zeit?"
Ich berichtete von meiner Strategie, alle Rechner des Fachbereichs vorsorglich zu überprüfen, damit wir nicht wieder negative Überraschungen

erlebten. Im ersten Moment fiel ihm anscheinend tatsächlich nichts dazu ein. Das war einmal ein Punkt für mich! Aber dann tobte er weiter: „Mag ja sein, aber was soll das hier und jetzt? Hier liegt jede Menge Arbeit. Ich habe Ihnen doch ausdrücklich ausrichten lassen, Sie sollten jederzeit hier an Ihrem Arbeitsplatz erreichbar sein. Da brauchen Sie doch nicht gerade heute Vormittag irgendeinen blöden Rechner zu überprüfen, ohne den der Fachbereich glänzend auskommt."
Barenyi wurde plötzlich ruhig. Seine Augen glänzten gefährlich.
„Ich habe langsam den Eindruck, daß in diesem Fachbereich einiges nicht mit rechten Dingen zugeht. Alles, was dieser verdammte Hiwi gemacht hat, muß neu installiert werden. Hier ist ja nichts mehr dicht, nichts mehr sicher, kein Telefon, kein Rechner, keine Verkabelung!"
Boing! Verkabelung? War es das vielleicht? Wie war Volker von außen an Barenyis Rechner gekommen?
„Herr Dr. Moder, ich habe schon im Rechenzentrum nachgefragt. Ein Mitarbeiter kann unsere Anlagen überprüfen und neu installieren. Der Mann kann am Dienstag nach Pfingsten kommen – das ist ja dann die vorlesungsfreie Woche. Herr Dr. Moder, kümmern Sie sich bitte darum, daß der Mann, den Namen sage ich Ihnen noch, an

alle Zugänge und Schlüssel kommt. Ich selbst habe in diesen Tagen dienstlich in Berlin zu tun. Ich möchte nicht, daß es jemand vom Fachbereich macht, nein, auch nicht Urbanek!"
Moder schaute irritiert drein.
„Sie meinen, ich sei mißtrauisch? Ich traue hier niemand mehr, das verstehen Sie doch wohl: Da telefoniert schon wieder jemand von meinem Apparat aus in der Welt herum und erkundigt sich nach Dingen, die absolut in meine Privatsphäre gehören. Und diesmal war das eine zweite Person. Denn dieser verdammte Huberti kann's ja nicht schon wieder gewesen sein!"
Moder und Frau Graf guckten ziemlich verdattert. Barenyi merkte wohl, daß er sich in seinem Zorn verplappert hatte. Er bemühte sich, abzuschwächen: „Den hatte ich jedenfalls im Verdacht beim ersten Mal. Der ist hier doch dauernd herumgeschlichen wie ein Schattenmann und hat seine Nase in alles und jedes gesteckt."
Er wandte sich mir zu.
„Urbanek, ich denke, Dr. Moder hat Ihnen schon gesagt, was ich heute früh erklärt habe. Ich erwarte, daß Sie ab sofort jederzeit an Ihrem Arbeitsplatz sind, und zwar hier und nicht im Fachschafts-Zimmer oder weiß sonst wo!"
Weg war er – zurück blieben wir alle drei in gedrückter Stimmung. Unsere Gräfin war den Tränen nahe. So mußte sie sich ja eigentlich auch

nicht vor allen Leuten anschnauzen lassen vom Chef. Die Kaffeepause hatte ihr wirklich zugestanden.
Na ja, mir sollte es recht sein. Erstens war ausnahmsweise mal jemand anderes der Blitzableiter für Barenyis Zorn gewesen. Und zum andern: vielleicht brauchte ich ja noch mal eine Verbündete. Ihre Liebe zum Chef war heute gewiß nicht größer geworden.

Ich meldete mich ordnungsgemäß bei Moder ab, um den Rechner im Doktorandenzimmer abzuschalten. Anschließend setzte ich mich in mein Zimmer.
Auch wenn die Sache nur zur Hälfte erfolgreich gewesen war, konnte ich zufrieden mit mir sein. Ich hatte das richtige Feeling bewiesen: ich hatte mich in Volker hineinversetzt und es war mir gelungen, genau dasselbe zu tun, was er getan hatte. Der Zigeunerbaron hatte es bestätigt. Jetzt würde ich auch die anderen Probleme lösen.

Nach dem Mittagessen beschloß ich, wieder einmal ein paar Stunden solide zu arbeiten, zumal der Chef im Hause war. Ich hatte gerade angefangen, mich mit den Vorbereitungen zum Tag der Offenen Tür zu beschäftigen, einer blöden Arbeit, die mir Moder zugeschoben hatte, als Carmen anrief. Sie klang extrem aufgebracht: wo ich denn bliebe, die Kinder müßten doch nach Erlenbach zum Geburtstag von Lili. Sie selber müßte schon längst weg sein. Ich hätte doch versprochen, wenigstens das zu übernehmen. Was denn los sei!

Peinlich, ausgesprochen peinlich! Ich war wirklich ein Rabenvater. Ich stotterte etwas in der Art von ‚war schon auf dem Sprung', und ‚ach, ist es wirklich schon so spät?' Dann bat ich sie, die Kinder schon ins Auto zu setzen, ich käme im Laufschritt.

Pia und Olivia waren mir nicht übermäßig böse. Carmen hatte sich gleich auf ihr Rad geschwungen, als ich in Sicht gekommen war. Mir war das lieber so. Ich fuhr die Kinder nach Erlenbach und versprach, sie pünktlich um sechs Uhr abzuholen. Dann eilte ich zurück zur Uni.

Im Flur kam mir Frau Graf entgegen.

„Herr Urbanek – sagen Sie mal – war das nötig? Legen Sie es denn darauf an, rausgeschmissen zu werden?"

Scheiße! – In der Hektik hatte ich mich nicht abgemeldet. Abwesenheit während der Arbeitszeit – genau das war es, was Barenyi mir heute früh strengstens verboten hatte.

„Gehen Sie zu Moder und bringen Sie es hinter sich!" sagte sie traurig. „Aber der kann Ihnen jetzt auch nicht mehr helfen. Was ist hier bloß los? Diese Atmosphäre macht mich krank." Sie

sah aus, als würde sie am liebsten sofort kündigen. Ich konnte sie gut verstehen.
An Moders Gesicht sah ich, daß es diesmal absolut ernst war.
„Urbanek“, sagte er, „nehmen Sie es, was mich betrifft, nicht persönlich. Was ich Ihnen jetzt sagen muß, sage ich in meiner Eigenschaft als Geschäftsführer: Sie sind mit sofortiger Wirkung suspendiert. Es ist Ihnen nicht erlaubt, das Haus zu betreten. Der Chef wird sich noch heute mit dem Büro des Kanzlers, dem Präsidenten und auch mit dem Personalrat in Verbindung setzen, um eine fristlose Kündigung zu erreichen. Mir persönlich tut es ehrlich leid. Aber helfen kann ich Ihnen da nicht und – ganz ehrlich – nachvollziehen, was Sie da gemacht haben, kann ich auch nicht. Nach dem Theater heute früh war das doch geradezu selbstmörderisch!“

Ich packte meine Aktentasche und ging.
So ein Mist! Heute war der 31. Mai. Bis zum Dienstag, bis dieser Rechenzentrums-Heini hier heruminstallieren würde, hätte ich noch Zeit gehabt. Das wäre ohnehin knapp genug gewesen. Aber jetzt hatte ich auch noch Hausverbot.
Was sollte ich tun? Heimgehen würde ich vor sechs Uhr nicht. Ich fuhr also schon einmal in Richtung Erlenbach. Am Friedhof setzte ich mich auf eine Bank in die Sonne. ‚Arbeitslos bin

ich jetzt,‘ ging es mir durch den Kopf. ‚Gefeuert!‘ Es war ein absolut irres Gefühl!

Ich hatte Zeit zum Nachdenken. Der Entschluß war schnell gefaßt: ich mußte in den Fachbereich, notfalls eben ohne Erlaubnis. Ich würde morgen Nachmittag abwarten, bis alle das Gebäude verlassen hatten und mich dann an die Rechner von Moder und Frau Graf machen. Ich konnte nur hoffen, daß Peter mit seiner Vermutung recht hatte, daß Volker dort seine Unterlagen gespeichert hatte. Außerdem mußte ich nachsehen, wo die Verkabelung für Barenyis Büro verlegt war, und wo und wie Volker es geschafft hatte, sie anzuzapfen.

Um sechs Uhr holte ich die beiden Mädchen ab. Den Abend verbrachte ich als vorbildlicher Familienvater. Carmen war mit einer Freundin im Theater. ‚Mal wieder Kultur,‘ hatte Paps als Parole ausgegeben. Mir war es egal. Hauptsache, ich mußte nicht hin. Als sie zurückkam, schlief ich schon tief und erschöpft – die räumliche Trennung – sie im Schlafzimmer, ich auf der Couch im Arbeitszimmer – war schon ganz selbstverständlich.

Gesetzeswidrig

Am Freitag Morgen wachte ich auf. Zum ersten Mal seit Tagen hatte ich richtig geschlafen, acht Stunden, achteinhalb sogar. Ich packte meine Tasche für die Uni und brachte die Kinder in den Kindergarten. Wo sollte ich den Tag verbringen? Spazierengehen ging nicht – es schüttete. Ich beschloß, einen Kollegen vom Personalrat zu besuchen. Schließlich hatte ich keinerlei Ahnung, wie ich mich zu verhalten hatte und was auf mich zukam. Der Kollege war nett. Den Zigeunerbaron konnte er auch nicht leiden. Allerdings fand er, daß ich so ziemlich alles falsch gemacht hatte, was man nur falsch machen konnte. Ich sollte mich zur Verfügung halten, ‚anbieten, meine Arbeitskraft zur Verfügung zu stellen', wie er das ausdrückte, und ansonsten nichts tun außer abzuwarten.

Nach dem Mittagessen sagte ich zu Carmen, daß es vermutlich sehr spät werden würde, sie sollte bitte nicht mit dem Abendessen auf mich warten. Sie fragte nicht weiter nach, sondern sagte nur trocken „Ja, ja, mach nur, was dir nötig scheint!" Ich beschloß, mir keine weiteren Gedanken über ihr Verhalten zu machen.

Im Bistro genehmigte ich mir noch einen Kaffee. Ab 14.30 Uhr – es war schließlich Freitag –

drückte ich mich auf dem Parkplatz hinter dem Gebäudekomplex 44/46 herum. Ob ich mich verdächtig machte? Die Leute eilten zu ihren Autos – niemand schien Notiz von mir zu nehmen. Um fünf nach drei kam Frau Graf, um fünf nach halb vier Moder. Der Parkplatz wurde immer leerer. Ich war einigermaßen durchnäßt und fror. Eine älterer Herr, der in einem Mercedes wartete, schaute häufiger zu mir herüber. Ich mußte weg. Aber ich hatte jetzt auch nur noch ein Auto zu überwachen, Barenyis Audi A6. Ich ging schnell durch den Hintereingang in den 46er Bau und suchte mir einen Beobachtungsposten bei den Physikern, wo jetzt, so kurz vor den Pfingstfeiertagen, auch kaum mehr etwas los war. Um kurz vor halb fünf endlich kam der Zigeunerbaron. Ich war froh, nicht mehr am Parkplatz zu stehen. So argwöhnisch, wie er sich umschaute, hätte er mich sicher entdeckt.

Der hatte Dreck am Stecken, ich wußte es!

Ich ließ zur Sicherheit noch eine halbe Stunde vergehen. Dann ging ich hinunter und durchs Foyer nach draußen zum 48er, dem verbotenen Gebäude. Um diese Uhrzeit herrschte nur noch wenig Publikumsverkehr, aber ein paar Leute gingen immer noch aus und ein. Ich wußte, das würde bis in die späten Abendstunden so bleiben. In Kaiserslautern waren die meisten Gebäude durchgehend offen – irgendjemand arbeitete im-

mer. Sogar am Heiligen Abend hatten wir einmal, als wir einen Spaziergang im Schnee durch die Uni machten, hinter manchen Fenstern Licht gesehen. Warum sollten die Chinesen, die fleißigsten alle Ausländer, die in zunehmend größerer Zahl nach Kaiserslautern kamen und die Zulassungsstatistik gewaltig verbesserten, denn auch diese Zeit nicht nutzen? Mir war es recht – so fiel es jedenfalls nicht auf, wenn irgendwo Licht brannte.
Ich fuhr hoch in den fünften Stock. Die Durchgangstür war noch offen. Ich ging ein Stück vor in den Gang und schaute vorsichtig um die Ecke: aus der Tür vom Fachschaftszimmer fiel noch ein Lichtschein. Peter vielleicht? Aber jetzt wollte ich nicht einmal von ihm gesehen werden.

Ich schlich nach rechts zum Zimmer des Geschäftsführers. Mit meinem Zentralschlüssel schloß ich auf, trat ein. Ich konnte nur hoffen, daß jetzt niemand mehr kam, jedenfalls niemand, der hinterher schwätzen würde. Ich fing mit dem Rechner der Gräfin im Vorzimmer an. Mit dem hatte Volker es sicher am leichtesten gehabt. Außer Frau Graf selbst rührte niemand dieses Gerät an. Es war ohnehin das schlechteste am ganzen Fachbereich. Und Frau Graf benutzte ihn ausschließlich als Schreibmaschine. Mit allen weiteren Funktionen hatte sie regelmäßig ihre Proble-

me. Ich hatte ihr in den letzten Wochen, seit Volker nicht mehr da war, dauernd helfen müssen: ‚Wie finde ich denn meinen Text wieder? Wo ist denn die Abrechnung hingerutscht? Was muß ich denn machen, wenn ich die Datei löschen will? Wie muß ich denn dies machen und wie jenes?' Wenn ich eine Mail für Versand der Informationen über Barenyis Verrat hätte vorbereiten wollen, dann hätte ich sie auch auf diesem Rechner untergebracht.
Ich startete und öffnete das Mail-Programm. Im Postausgang fand sich eine riesige Liste von teils gesendeten, teils nicht gesendeten Mails. Ich machte mich an die Arbeit, die nicht abgeschickten Texte zu lesen. Manche waren ganz offensichtlich fehlerhafte Texte, die Frau Graf einfach stehen gelassen hatte, weil sie vermutlich nicht daran gedacht hatte, sie zu löschen, oder weil sie nicht wußte, wie das ging. Andere enthielten ganz offensichtlich Kopien von irgendwelchen Mails, die bereits abgeschickt waren. Ich vermutete, daß Volker sie unter allen möglichen Namen hier eingefügt hatte, um den bereits vorhandenen chaotischen Eindruck noch zu verstärken. Die Zeit verrann, es war einfach viel Arbeit. Aber nach einer knappen Stunde hatte ich es. Unter ‚infobock' fand ich in der Adresszeile die ganze Adress-Liste, die ich bereits von der Diskette kannte, im

Betreff: „Datensicherheit – den Bock zum Gärtner gemacht“ und dann den folgenden Text:
‚Erdrückende Beweise liegen dafür vor, daß einer der sogenannten Sachverständigen, die sich morgen am 6.6. in Berlin beim Wirtschaftsminister treffen, in eine großangelegte Industriespionage-Affäre verstrickt ist.
Regelmäßige Kontakte von Prof. Zóltan Barenyi zu Geheimdienst-Vertretern aus dem ehemaligen Ostblock lassen sich belegen – siehe attachment 1.‘
Das war vermutlich die Liste, die ich von der Diskette kannte.
‚Eine Aufstellung der Gelder, die Barenyi für seine Osteuropa-Kontakte eingenommen hat, finden Sie ab heute 22 Uhr im Internet unter www.uni-kl.fb-informatik/barenyi/transfer-suedost. Besonders zu beachten ist die „Provision“ von DM 230.000,00 die am 27. 7. 2000 überwiesen wurde, nachdem Barenyi von einer Konferenz in Wien zurückgekehrt war. An dieser Konferenz haben auch ein gewisser Antonov vom bulgarischen Industrieministerium sowie ein ungarischer Staatsbürger namens Bela Korteky teilgenommen. Umfangreiche Recherchen haben ergeben, daß dieser Korteky, Barenyis häufigste Kontaktperson, die er laut der Aufstellung in attachment1 mindestens 14 Mal traf, identisch ist mit dem B. Korteky, der bis zur Wende 1989

Kontaktmann der ungarischen Geheimdienstes in der DDR war (SPIEGEL vom 4.2.93, S. 128). Die Überweisung erfolgte direkt vom Budapester Konto einer in Wien registrierten Fondsgesellschaft auf das des Porsche-Zentrums Karlsruhe. Dort holte Barenyi am 30. 7. einen neuen Porsche Carrera ab. Die Gesamtsumme der von ihm so genannten „Provisionen" aus dem Geschäftsbereich Südost beläuft sich auf mehrere Millionen Mark.
Was Prof. Barenyi alles an für die Wirtschaft im ehemaligen Ostblock Interessantem zu bieten hatte, entnehmen Sie der Aufstellung seiner Arbeits- und Forschungsprojekte (attachment2), der Funktionen, die er in Gremien wie dem morgen stattfindenden Sachverständigenrat für Datensicherheit innehat (attachment3), sowie einer Liste von Industrieunternehmen, die er in Sachen Datensicherheit berät (attachment4).'
Das also war die Bedeutung der Sache mit dem Porsche. Für Volker, der Barenyi seit über einem Jahr intensiv nachgespürt hatte, lag hier der Beweis für die Entgegennahme von Geld. Ich erinnerte mich, daß Volker darüber spekuliert hatte, ob nicht sogar andere Gründe für den Zigeunerbaron von größerer Bedeutung gewesen sein konnten: seine familiäre Bindung nach Ungarn und vor allem die Befriedigung seines widerlichen Strebens nach Überlegenheit und Macht. Aber

der Porsche war, zumindest für Außenstehende, sicher das schlagkräftigste Argument.
Und all das vor Augen, in Erwartung des großen Augenblicks, an dem er seinen Feind der Öffentlichkeit als Verräter präsentieren konnte, sollte Volker Selbstmord begangen haben? Nie und nimmer! Einen Unfall hatte Marga, die ihn besser kannte als jeder andere Mensch, kategorisch ausgeschlossen. Es blieb nur – Mord.
Ich mußte weitermachen, auch wenn es mittlerweile weit nach Mitternacht war. Bis Montag mußte ich alles beieinander haben, um die Bombe, die Volker hatte zünden wollen, hochgehen zu lassen. Ich fand, das war ich ihm schuldig.
Daß alles einen Tag früher passieren mußte, als er es geplant hatte, war schade, aber leider unumgänglich. Das Timing mit der Sitzung des Sachverständigenrats war hervorragend gedacht gewesen. Ich konnte aber das Risiko nicht eingehen, daß der neue Mann, den der Zigeunerbaron angeheuert hatte, alles Mögliche abstellen oder blockieren würde. Und außerdem: Moder würde vermutlich erscheinen und zumindest Frau Graf würde die Stellung im Fachbereich halten. Hundertprozentig konnte ich mich auch bei ihr nicht darauf verlassen, daß sie schweigen würde, wenn ich trotz des Hausverbots auftauchte.

Als nächstes machte ich mich an den Zentralrechner im Nebenraum und schaute nach, wo die html-Seiten für die Präsentation des Fachbereichs im Netz lagen. In einem Unterverzeichnis fand ich alle möglichen Entwürfe, ausrangierte Seiten und unter dem Titel „Krumme Geschäfte“ eine vorbereitete Seite, über die Südosteuropa-Geschäfte Barenyis. Die Zahlen fehlten jedoch. Ich grübelte eine Weile darüber, wieso Volker diese doch so wichtige Stelle noch offengelassen hatte, als ich auf das Datum aufmerksam wurde, an dem die Seite erstellt worden war: 16. 04. 01. Das war der Tag, an dem Volker gestorben war – hier im Hause. Am 17. April, dienstags, hatte ihn Frau Graf gefunden, als sie morgens als erste erschienen war. Daran also hatte er in seinen letzten Lebensstunden gearbeitet, aber aus irgend einem Grund hatte es nicht mehr gereicht. Also mußte ich an seiner Stelle weitermachen. Aber wie?

In diesem Augenblick hörte ich eine Stimme: „Komm mit! Natürlich sind das nur wieder irgendwelche von den Verrückten, die hier die ganze Nacht vor ihren Computern sitzen. Aber wir haben den ausdrücklichen Auftrag, von jedem, der sich während unserer Dienstzeit hier herumtreibt, die Personalien festzustellen. Und das machen wir lieber zu zweit.“

Der Wachdienst – verdammt noch einmal! Der Chef hatte Lunte gerochen und mir diese Idioten auf den Hals gehetzt. Ich hörte dieselbe Stimme wieder.
„Wir gehen zuerst hier links rüber und nachher den Gang dort entlang. Auf!"
Anscheinend war noch jemand im Haus – mein Glück! Aber wohin sollte ich? Ich unterdrückte die Regung, den Rechner ordnungsgemäß herunterzufahren und machte ihn einfach aus. Das Licht hatten sie offensichtlich schon bemerkt. Also ließ ich es an und schlich mich hinüber in Moders Zimmer. Es gab keine Alternative – ich mußte raus aus dem Fenster auf den umlaufenden Notsteg, auch wenn ich Angst hatte.
Es gelang mir gerade noch, das Fenster von außen so weit zuzuziehen, daß es nicht gleich auffiel, da wurde auch schon auf dem Gang Licht gemacht. Die Tür von Moders Zimmer hatte ich in der Eile nicht mehr von innen abschließen können.
Draußen wandte ich mich nach links und beeilte mich, auf die Westseite des Gebäudes zu kommen, ohne allzuviel Lärm zu verursachen. Als ich um die Ecke gelangt war, hielt ich inne. Ich spähte vorsichtig zurück und sah, daß in Moders Zimmer ein weiteres Licht anging. Wenn sie nicht ganz blöde waren, mußte ihnen das offene Fenster auffallen.

Ich zog mich zurück und peilte die Lage. Wenn die Wachleute auch nach draußen stiegen, war ich verloren. Ich schaute vorsichtig zum Fenster hinüber. Vorläufig kam keiner hinter mir her. Aber das konnte noch kommen. Vermutlich unterzogen sie erst einmal die restlichen Räume auf dem Gang einer Untersuchung, um nicht draußen herumzuklettern, währenddessen ihnen ihr Vogel innen entschlüpfte.

Das wäre, fiel mir ein, ohnehin die bessere Lösung gewesen, das Fenster bei Moder sperrangelweit offen zu lassen und dann, wenn sie nachschauten, innen vorbeizuschleichen. Aber dazu war es zu spät. Ich mußte hier weg, solange es noch ging. Gottseidank – in solchen Situationen kommt anscheinend der ungläubigste Informatiker nicht um den lieben Gott herum – befand ich mich jetzt auf der Seite, auf der auch die Treppen lagen, die die Außenstege der verschiedenen Stockwerke miteinander verbanden. Ich stieg die zwei Treppen zum 3. Stock hinunter. Einem plötzlichen Impuls folgend eilte ich – nachdem ich kurz hochgeblickt hatte, zum Gebäude 46.

Kaum war ich dort angekommen, hörte ich hinter mir die Stimmen der Wachleute, die jetzt unten aus dem Eingang des 48ers herausgetreten waren. Einer telefonierte mit seinem Handy. Vermutlich forderte er Verstärkung an. Ich schlich mich auf der Rückseite des 46er und 44er-

Gebäudes weiter. Überall hörte ich Stimmen, die Panik wuchs. Als ich an der Nordwestecke des Gebäudekomplexes an die Treppen kam, hörte ich unten wieder Stimmen. ‚Versteck dich!‘ dachte ich und hastete aufwärts. Immer weiter stieg ich, bis ich mich endlich ganz oben befand. Ich konnte nicht mehr – ich brauchte unbedingt eine Verschnaufpause.
Die Kaiserslauterer Uni-Gebäude sind zwar zum größten Teil keine architektonischen Glanzleistungen. Sie sehen aus, wie die Hochschul-Bauten allüberall in der Republik zwischen Stuttgart, Bochum und Oldenburg eben so aussehen. Aber man muß zugeben, daß sie zweckmäßig gebaut sind. Überall kommt man gut dran – auch aufs Dach. Ich nutzte also die Hilfe einiger Sprossen, kletterte hoch und legte mich flach. Vorläufig war ich gerettet.
Ich weiß noch heute nicht genau, wie lange ich da lag. Jedenfalls zeigte meine Armbanduhr 2.17 Uhr, als es wieder zu regnen anfing. Das war unangenehm, verschaffte mir aber, wie ich meinte, größere Sicherheit. Ich robbte zur Kante und begann die Lage zu peilen. In Richtung Mensa, wohin ich am besten blicken konnte, war alles leer. Nach etwa fünf Minuten ging ein Wachmann über den Brunnenplatz und verschwand im Durchgang zwischen Bibliothek und Rechenzentrum. Nach zwanzig Minuten kam er wieder aus

der selben Richtung und nahm denselben Weg. Er mußte auf seiner Runde also einen anderen Rückweg genommen haben.
Ich kroch weiter nach rechts und schaute hinunter. Musik und Stimmen kamen aus Richtung Kramladen, dem Partyraum unter den AStA-Räumen im 46er-Bau. Ich wurde mutiger und krabbelte am Rand des Kiesbetts entlang – unten vor dem 48er stand ebenfalls einer vom Wachdienst. Zu ihm gesellte sich nach wenigen Minuten Nummer 2. Nach weiteren fünf Minuten setzten sich beide in Bewegung. Nummer 1 ging am Verwaltungsturm vorbei in Richtung 13er-Bau und kam nach zwölf Minuten über die Treppe neben dem neuen Fraunhofer-Gebäude zurück. Nummer 2 trudelte drei Minuten später von hinten ein. Dieses Spiel wiederholte sich.
Ich rechnete: wenn sie diesen Zwanzig-Minuten-Rhythmus beibehielten, begänne jeweils etwa zwei Minuten nach ihrem Weggehen eine Phase, die knapp zehn Minuten andauerte, in denen die AStA-Front unbewacht war. Ich mußte es schaffen, in etwas kürzerer Zeit vom Dach hinunter und über die Treppen auf den Steg oberhalb des Kramladens zu gelangen. Dort gab es Bäume, an denen ich mich ganz hinunterlassen und zwischen denen ich mich dann verstecken konnte. In der nächsten Runde konnte ich dann ein bißchen später starten und am 36er-Gebäude vorbei zum

E-Technik-Gebäude schleichen. Dort mußte ich mich noch einmal verstecken und dann, wenn die beiden sich wieder ihrem Treffpunkt näherten, bergauf zum Treppenweg in die Pfaffenbergstraße fliehen.

Der Regen hatte jetzt wieder aufgehört. Ich beobachtete die beiden, die jetzt nicht mehr besonders argwöhnisch wirkten. Sie gingen los. Zwei Minuten später startete ich: runter vom Dach – die Schuhe hatte ich ausgezogen und mir um den Hals gehängt, um leiser auftreten zu können. Als Nummer 2 im Durchgang zwischen den Gebäuden 32 und 34 verschwunden war, sauste ich die Treppen hinunter und kam bald vor den Asta-Räumen an. Die Auswahl eines geeigneten und erreichbaren Baums, an dem auch ein wenig sportlicher und nicht ganz leichter Mensch wie ich sich herunterlassen konnte, gestaltete sich nicht so einfach. Leicht verschrammt kam ich am Boden an.

Ein Schreck fuhr mir in die Glieder: Stimmen erklangen ganz in meiner Nähe. Aber es stellte sich schnell heraus, daß es nur ein verliebtes Pärchen war, das soeben den Kramladen verlassen hatte.

Ich blickte auf die Uhr und wartete weitere vierzehn Minuten. Dann, als gerade niemand aus dem Kramladen kam, stahl ich mich aus dem Gebüsch und lief zum 11er Gebäude.

Der Rest war einfach. Um Viertel nach vier kam ich zuhause an. Ich schlich ins Haus und machte das kleine Licht im Flur an. Ich erschrak, als ich mich im Spiegel erblickte – naß, verkratzt und völlig fertig.
Natürlich mußte Carmen, die sonst gewöhnlich wie ein Stein schlief, jetzt wach werden. Sie trat in den Flur und blickte mich ungläubig an.
„Wo kommst du denn her?"
„Vom Dach der Uni," antwortete ich wahrheitsgemäß. Sie schaute mich an wie einen armen Irren.
„Es war leider unumgänglich," versuchte ich, sie zu beruhigen. „Du brauchst dir keine Gedanken zu machen – es ist alles in Ordnung."
Sie winkte resigniert ab und ging wieder ins Bett. Ich mußte zugeben, daß ich an ihrer Stelle nach allem, was geschehen war, wohl auch nicht anders gehandelt hätte.
Trotzdem wünschte ich mir in diesem Augenblick jemanden, der sich um mich gekümmert hätte, vor allem jemanden, dem ich meine Heldentat – denn als solche begann ich sie langsam schon wieder zu betrachten – hätte erzählen können. Ich dachte an Marga und ärgerte mich, daß ich ihre Telefonnummer nicht hatte. Sie stand jeden Morgen um sechs Uhr auf, hatte sie erzählt. Sicher hätte ich sie jetzt erreichen können. Aber ich konnte nicht einmal die Auskunft

anrufen. Ich wußte ja gar nicht, in welchem Ort sie wohnte, ja ich wußte nicht einmal ihren Nachnamen – Marga P. hatte auf dem Paket gestanden. ‚Die Telefonnummer von Marga P. irgendwo in der Nähe von Trier' – lächerlich! leider!

Wiederholungstäter

Als ich aufwachte, war es Nachmittag. Ich fühlte mich entsetzlich. Ich war alles andere als abgehärtet und die Stunde im Regen auf dem Dach war mehr gewesen, als ich vertragen konnte. Ich schwitzte und fror in einem, mein Hals tat weh und mein Kopf fühlte sich so benebelt an wie bei einer starken Grippe.

Heute würde ich zu nichts mehr in der Lage sein, aber bis morgen mußte ich fit genug sein, um noch einmal in die Uni zu gehen.

Ich schleppte mich ins Bad und durchstöberte das Medizinschränkchen nach Aspirin, Grippetabletten, irgendwelchen Pastillen für den Hals und dem schrecklichen blauen Gurgelzeug, das ein weitläufiger Verwandter von Carmen aus Bundeswehrbeständen angeliefert hatte. Anschließend ging ich im Wohnzimmer vorbei und sagte, ich sei krank. Carmen meinte, das hätte ich nicht sagen müssen, das sähe man auch so. Die Mädchen starrten mich an, als sei ich ein Gespenst.

Zwischen Frieren und Schwitzen versuchte ich, mich darauf zu konzentrieren, wie ich am nächsten Tag vorgehen sollte.

Jede Menge Fragen waren zu klären: Ab wann war der Wachdienst da? Konnte ich vorher ins Haus schleichen und mich verstecken? Wenn ja, in welchem Zimmer? Galten die verschärften Bestimmungen für Bau 48 immer noch oder wurde sogar noch genauer kontrolliert? Schließlich hatten die zwei Sheriffs in Moders Zimmer offene Türen, die eigentlich versperrt hätten sein sollen, und ein offenes Fenster entdeckt? Würde das ganze Stockwerk kontrolliert werden?

Ich hörte die Haustür. Carmen ging mit den Kindern nach draußen. Das war eine gute Gelegenheit für mich, im Schlafzimmer nach geeigneten Kleidern zu suchen. Ich brauchte Schuhe, mit denen ich leise auftreten konnte. Die sonst selten benutzten Turnschuhe schienen dafür zweckmäßig. Ich wählte dunkelgraue Hosen und einen entsprechenden Pullover und nahm, für den Fall daß es wieder naß werden würde, die zusammengepackte Regenjacke mit. In der Garage holte ich mir eine Taschenlampe. Sicherheitshalber steckte ich auch zwei Schraubenzieher und ein kleines Klappmesser ein.

Wieder im Arbeitszimmer legte ich alles in eine Schreibtischschublade. Carmen brauchte, falls sie doch mal hereinkäme, nichts von den Planungen mitzubekommen. Ich suchte meine nassen Sachen vom Morgen, die ich in der Diele ausgezogen hatte und fand sie im Bad neben der Waschmaschine. Als ich die Taschen leerte, geriet ich in Panik: mein Schlüssel fehlte. Es bestand kein Zweifel – ich hatte ihn bei meiner Flucht vergessen. Ich erinnerte mich: ich hatte diverse Türen im FB aufgeschlossen, irgendwo mußte der Schlüssel stecken oder liegen. Bei meiner Flucht aus dem Fenster hatte ich ihn nicht eingesteckt.
Ob der Schlüssel gefunden worden war? Er war anhand seiner Nummer und der Liste in Frau Grafs Schreibtisch unschwer als der meinige zu identifizieren – allerdings kaum vor Dienstag. Spätestens dann war auch klar, daß ich trotz Hausverbot nachts im Zimmer gewesen war. Jetzt war alles aus – der Personalrat hatte mir dringend geraten, mich an die Auflagen der Suspendierung zu halten.

Es gab nur noch eins: ich mußte die restlichen Unterlagen finden, mit denen ich beweisen konnte, daß der Zigeunerbaron ein Gangster war. Dazu mußte ich wieder in den Fachbereich – egal

wie. Auf einmal mehr oder weniger kam es jetzt ohnehin nicht mehr an.
Aber wie sollte ich hineinkommen? Den Weg über die Feuerleitern kannte ich schon. Ich brauchte nur ein offenes Fenster: Peter! Ich rief Peter an: ob er ins Gebäude 48 gelangen könnte und mir ein Fenster öffnen – ja anders ginge es nicht, ich hätte Hausverbot und außerdem keinen Schlüssel. Ausführliche Erklärungen bekäme er später. Peter war einverstanden, aber wie sollte er hineinkommen? Die einfachste Möglichkeit bestand darin, den Fachschaftsschlüssel auszuleihen – aber dann müßte er einen der neuen jüngeren Fachschaftler einweihen. Das würde er nicht gern tun, die wären in solchen Dingen fürchterlich brav und ängstlich. Nein, nicht mehr wie früher. Die würden fragen, wieso und warum oder gar mitgehen wollen. Also blieb nur, daß er sich am Gebäudeeingang herumtrieb, bis jemand herauskam und er ins Haus schlüpfen konnte. Das war durchaus die übliche Praxis – keiner sagte jemals nein. Aber am Pfingstsonntag konnte es dauern, bis jemand kam. Deshalb sollte er frühzeitig hingehen, am besten schon am späten Vormittag. Denn es würde eher noch schwieriger werden, wenn dasselbe Spiel sich noch einmal wiederholte, weil ja auch jemand den Durchgang in den Fachbereichs-Flur aufschließen mußte. Er würde solange auf der Treppe zwischen dem fünften

und dem sechsten Stock herumlungern müssen. Einmal drin, sollte er sehen, welche Türen außer der vom Fachschaftszimmer offen waren und ein Fenster möglichst auf der Rückseite des Gebäudes öffnen. Abends bevor ich startete, sollte er mir Bescheid geben. Ich würde um 22.15 Uhr Am Bau 1 bei den Architekten sein – vor 22.30 Uhr konnte ich ohnehin nicht an die Uni gehen, da es vorher zu hell sein würde. Peter versprach, alles rechtzeitig zu erledigen und stellte keine weiteren Fragen.
Den restlichen Nachmittag verbrachte ich wieder im Bett. Während Carmen den Kindern ihre Gute-Nacht-Geschichten vorlas, wärmte ich mir eine Fertigsuppe, die ich zum Essen mit ins Arbeitszimmer nahm. In der Nacht schlief ich unruhig. Schwerbewaffnete Wachleute, die an Gestapo-Beamte erinnerten, patroullierten um unser Haus, ein grinsender Zigeunerbaron hetzte seine Hunde auf mich, die Hetzjagd führte aus der Uni hinaus durch unwegsame Schluchten, die sich plötzlich in die Berge von Graz verwandelten – es war fürchterlich!

Um halb vier morgens setzte ich mich vor meinen Rechner. Ich mußte etwas unternehmen, um wieder positiv denken zu können. Ich gab der Suchmaschine ‚Graz' ein. Immerhin, die Stadt hatte einen passablen Internet-Auftritt. Einen

Hausberg gab es auch, aber ein bißchen anders als in Tirol war es schon. Ich erfuhr eine Menge über die Stadt, in der ich bald zu arbeiten gedachte. In jedem Fall gab es dort mehr Kultur als ich brauchte. Auch über österreichischen Wein gab es einiges zu lernen. Es gab da eine Menge Sorten, von denen ich noch nie gehört hatte. Das hörte sich schon mal gut an.

In Ermangelung eines realen Tropfens Wein holte ich mir noch einen Cognac, der im Verein mit dem Medikamentenmix, den ich zu mir genommen hatte, dafür sorgte, daß ich bis nach Mittag schlief. In der Diele fand ich eine Nachricht von Carmen: ‚Bin mit den Kindern im Siegelbacher Zoo. Pia und Olivia wünschen dir gute Besserung!" Sie selbst glaubte wohl schon nicht mehr daran, daß ich mich jemals bessern würde.

Ich trödelte in meinem Arbeitszimmer herum und überprüfte meine Kleidung und Ausrüstung, zu der ich auch drei Schokoriegel, eine Flasche Cola und einen Flachmann mit Cognac – für den Fall weiterer ungeplanter Dachaufenthalte – hinzugefügt hatte. Ich dachte an Peter. Ob auch alles nach Plan lief? Wenn nicht, hätte er sicher schon angerufen.

Als Carmen und die Kinder heimkamen, ging ich kurz zu ihnen hinaus. Ich bemühte mich erfolgreich, noch sehr krank auszusehen. So wurde ich

schleunigst wieder ins Bett geschickt. Ich sollte nicht auch noch die Kinder anstecken.
Um 21.40 Uhr piepste der Wecker, den ich mir sicherheitshalber gestellt hatte. Schnell machte ich ihn aus und lauschte – im Haus erfolgte keine Reaktion. Darauf, daß Carmen nicht hereinkommen und nach mir schauen würde, konnte ich mich verlassen. Aber wenn ich das Haus verließ, konnte es doch sein, daß sie es hörte – gestern früh war sie ja auch wach geworden, obwohl ich nur wenig Lärm gemacht hatte.
Aber – diese tolle Idee hatte ich nachmittags gehabt – wenn ich es mir schon einmal zur Gewohnheit hatte werden lassen, Gebäude durchs Fenster zu betreten und zu verlassen, konnte ich damit genausogut gleich hier anfangen. Ich kletterte also aus dem Fenster, zog es vorsichtig so zu, daß ich auch wieder hineinkommen konnte und ließ mich ins darunter liegende Blumenbeet plumpsen – morgen mußte ich im Lauf des Tages daran denken, die Spuren irgendwie zu beseitigen.
Peter wartete schon am Bau 1 und betrachtete scheinbar interessiert die absonderlichen Sandstein-Skulpturen, die irgendwelche Künstler unter den Architekten angefertigt hatten.
„Alles ok," sagte er, „Schornheimers Zimmer war offen, das dritte neben dem Fachschaftszimmer, Sie wissen doch, wo das ist?"

Klar, ich kannte mich aus. Ulf Schornheimer, einer der wissenschaftlichen Mitarbeiter, war ein ziemlicher Chaot. Deshalb hatte ich schon mehr als einmal gemeckert. Aber heute war ich ihm wirklich dankbar für seine Schlamperei.
Ich dankte Peter, ging den Treppenweg hinunter und postierte mich zunächst einmal auf der kleinen Anhöhe bei den Betriebstechnik-Gebäuden, um zu beobachten, wie die Wachleute heute ihre Runden drehen würden. Zum Glück waren sie nicht sehr phantasievoll. Es war offensichtlich, daß sie denselben Rhythmus hatten wie vorgestern. Nach zwei Runden startete ich zu „meinem“ Baum neben dem Kramladen. Ich kletterte hoch, was mir mit nur einem Kratzer gelang – vielleicht würde doch noch einmal ein sportlicher Mensch aus mir. Geduldig wartete ich ab, bis die beiden wieder gestartet waren und schlich mich auf den Steg der Gebäude 46 und 44. An der hinteren Ecke lauerte ich, bis ich sah, welchen Weg Nummer 2 auf dem Rückweg nahm, nachdem er – wie ich schon beim letzten Mal vermutet hatte – um den 42er-Bau herumgelaufen war. Als er weg war, schlich ich hinüber zum 48er. Kurz darauf begannen die beiden ihre nächste Runde und ließen mir genügend Zeit, bis zu den Feuerleitern und hoch zum fünften Stock zu gelangen. Das offene Fenster fand ich sofort. Ich drückte es auf und kletterte hinein.

Wahnsinn! Während dieser ganzen Aktion war ich mir echt cool vorgekommen, aber jetzt merkte ich doch, daß ich ganz schön zitterte und schwitzte. Ich mußte mich erst einmal ausruhen.

Das war also geschafft. Aber die Hauptsache kam noch. Meine Theorie mußte sich bestätigen. Wenn Volker es geschafft hatte, Barenyis Rechner anzuzapfen, dann mußte er eine Stelle in der Verkabelung präpariert haben, um seinen Rechner an die Zuleitung zu Barenyis Festung anzuhängen. Ich schlich auf den Gang – diesmal war alles dunkel. Sicherheitshalber prüfte ich die Durchgangstür zum Treppen- und Fahrstuhl-Flur: sie war ordnungsgemäß verschlossen. Wenn jemand kommen würde, würde ich ihn hören. Eine weitere Überprüfung ergab, daß die Türen im Dekanatsbereich alle verschlossen waren. Entweder hatten das die Wachleute getan oder – was zu befürchten war – Moder oder gar Barenyi waren über die Vorgänge bereits informiert worden. Aber mit diesem Problem konnte ich mich jetzt nicht aufhalten.

Ich schlich zu Volkers Zimmer und schloß auf. Wenigstens diesen Schlüssel hatte ich getrennt von den anderen aufbewahrt gehabt. Ich schlüpfte hinein und schloß wieder hinter mir ab. Es war stichdunkel. Ich schaltete meine Taschenlampe ein und sah mich um. Der Kabel-

schacht lief unter der Fensterfront durch das Kabuff. Ich räumte Volkers Stuhl und diverse Pappkartons beiseite und krabbelte unter den Tisch. Es war wirklich nicht schwer: da, wo die Pappkartons gestanden hatten, war die Kunststoffabdeckung des Kabelschachts in einem Abschnitt so angesägt worden, daß sie abgehoben werden konnte. Saubere Stellen im Staub deuteten darauf hin, daß dies vor nicht allzu langer Zeit auch geschehen war. Ich entfernte sie und schaute mir die Kabel an. Volker hatte sich offensichtlich gesagt, daß jemand, der hier zielstrebig suchen würde, die Manipulation ohnehin früher oder später finden würde. Er hatte sich deshalb wenig Mühe gemacht, etwas zu vertuschen. Ein Kabel war durchtrennt und ein Hub eingefügt worden, von dem aus eine Abzweigung mit einem freien Stecker zur Verfügung stand, so daß mit wenigen Handgriffen eine Verbindung zu Volkers Rechner hergestellt werden konnte.
Das genau hatte ich erwartet oder erhofft. Trotzdem war ich platt. Von dieser Stelle aus hatte Volker also das so wohlgehütete Allerheiligste unseres Chefs angezapft. Wie er das im Einzelnen bewerkstelligt hatte, konnte ich mir allerdings nur sehr vage vorstellen. Es reichte ja nicht, eine Leitung zu Barenyis Rechner zu haben. Volker mußte sich auch noch Zugang zu dessen Innenleben verschafft haben. Über die Praktiken der

Hacker wußte ich, ehrlich gesagt, herzlich wenig. Ich hatte jedoch auf einem Lehrgang zur Abwehr von Angriffen auf die Daten der Universität einiges darüber gehört, wie geschickte Leute mit korrumpierbaren Dämonen und trojanischen Pferden in fremde Rechnersysteme gelangen konnten. Volker war in diesem Metier – das hatte Peter mehrfach betont – wirklich gut gewesen und er hatte vor allem unheimlich viel Zeit und Ausdauer in seine gegen Barenyi gerichtete Arbeit investieren können.
Und er hatte es geschafft. Der große Datensicherer war von einem kleinen Hiwi ausgetrickst worden. Ich bewunderte Volker grenzenlos.

Trojanisches Pferd

Ich stellte die Verbindung her und versuchte, Volkers Rechner zu starten. Nichts geschah. Die erste Panne! Ich hätte es wissen müssen. Natürlich konnte Volkers Rechner nicht funktionieren, nachdem der Zigeunerbaron die Festplatte ausgebaut hatte – daran, daß er es gewesen war, bestand für mich kein Zweifel mehr.
An mein eigenes Gerät kam ich nicht heran. Mein Zimmer war abgesperrt. Also mußte Schornheimer mir auch noch mit seinem Rechner aushelfen. Ich schlich wieder in sein Zimmer und

baute seinen Rechner ab. Dabei versuchte ich mir einzuprägen, wo alles gestanden hatte und welche Geräte angeschlossen waren. Dann schleppte ich den Rechner in Volkers Kabuff und schloß alles an. Ein Blick auf die Uhr zeigte mir, daß es erst wenige Minuten nach Mitternacht war. Unterm Strich hatte bis jetzt alles geklappt. Jetzt mußte es einfach auch weiterhin gut gehen.
Ich stellte über den Hub die Verbindung zur Datenleitung her. Wahnsinn! Ich war wie Volker – und, da ich von solchen Dingen nichts verstand, natürlich auch nur dank Volker – in Barenyis Rechnersystem eingedrungen, ins Allerheiligste des Zigeunerbarons. Ich spürte den Adrenalinspiegel steigen.
‚Enter password' – auf dem Monitor erschien die Aufforderung, mich als legitimierter User anzumelden. Und dazu brauchte ich das Passwort, das ich nicht kannte. Es traf mich wie ein Keulenschlag. Sicherlich hatte Volker etwas eingebaut, damit er in Barenyis System kam. Aber was für ein Passwort? Nirgends hatte es auch nur den geringsten Hinweis darauf gegeben.
Mir wurde übel. So kurz vor dem Ziel durfte ich nicht aufgeben! Ich mußte mich zwingen, jetzt nicht durchzudrehen. Erstmal trank ich einen Schluck Cola und aß etwas Schokolade, damit sich mein Blutdruck etwas stabilisierte.

Dann dachte ich nach. Wenn ich nur etwas mehr von dieser Hackerei verstehen würde! Das hatte mich ehrlich nie interessiert – und deshalb waren es jetzt höchstens kleine Bruchstücke von Wissen, die mir zur Verfügung standen. Trojanisches Pferd, so hieß das wohl, was Volker in Barenyis System eingeschleust hatte. Ich steckte die Verbindungen am Rechner um und ging ins Netz. Troyan Horse – ich hätte nie gedacht, daß dieser Begriff in Hunderten von Veröffentlichungen auf dem Gebiet der Datensicherheit vorkam. Ich klickte mich durch schier endlose Listen, ohne zu wissen, was ich eigentlich suchte, lediglich in der Hoffnung, eine Idee zu bekommen. Ich las einige Texte und konnte mir danach etwas besser vorstellen, was Volker gemacht hatte. Aber das half nichts. Die Zeit verging mit sinnlosem Suchen.
‚Volker, was hättest Du an meiner Stelle gemacht?' Ich versuchte es mit der Methode des Mich-Hineinversetzens. Was hatte Volker sonst gemacht bei seinen Passwort-Rätseln? Das war immer etwas Literarisches gewesen. Also mußte ich unter Literatur suchen. Troja, Trojanisches Pferd – auch da bot das Netz mehr als ich vermutet hätte. Ich landete bei Homer und der Ilias. Ich quälte mich auf Englisch durch das antike Heldenepos. Gar nicht einmal so schlecht, der Stoff. Deutlich besser jedenfalls als die Texte aus den Reclamheftchen. Ich lernte allerhand über

griechische Götter, über die Helden Agamemnon, Odysseus, Achilles und Hektor. Aber die Sache mit dem Pferd fand ich nicht. Also weiter. In Vergils Äneis fand ich schließlich einen Hinweis auf die Geschichte und darauf, daß wohl Pallas Athene, die Götterfreundin der Griechen, etwas mit der Pferde-Idee zu tun hatte. Vielleicht war es das – es mußte es einfach sein!
Ich steckte die Verbindungen wieder um und versuchte es: LiGrEv – nichts, lIgReV – nichts, eNeHtAsAlLaP – nichts, EnEhTaSaLlAp – nichts. Athene – ich hämmerte es einfach so in die Tasten – es klappte.

Ich war drin. Tatsächlich. Hurra! Ein dreifaches Hoch auf die kluge Göttin! Paps hätte jetzt sicherlich angemerkt, daß etwas mehr klassische Bildung mir diesen Streß wohl hätte ersparen können. Was sollte es? Ich war drin. Es fanden sich keine weiteren Codewörter oder Sperren – der eitle Zigeunerbaron hatte sich offensichtlich sehr sicher gefühlt. Innerhalb von Augenblicken konnte ich damit beginnen, Barenyis Dateien und Verzeichnisse durchzugehen.
Jetzt mußte es allerdings auch wirklich schnell gehen. Die Suche nach Athene hatte verdammt viel Zeit gekostet. Es war schon reichlich nach zwei Uhr. Wo sollte ich anfangen? Ich konnte unmöglich alle Dateien durchforsten. Ich erin-

nerte mich, daß Volker beabsichtigt hatte, eine Auflistung aus Barenyis Rechner ins Netz zu stellen. Dabei war von Provisionen im Zusammenhang mit dem Porsche-Kauf die Rede gewesen. Das Stichwort hatte „transfer-suedost" geheißen. Ich gab den Suchbegriff ein und tatsächlich, ich fand sofort, was ich brauchte und was Volker wohl auch gefunden hatte: eine Tabelle mit all den Summen, die Barenyi im Zusammenhang mit diversen Tagungen und Projekten erhalten hatte. Darunter waren viele kleinere Summen, die als Honorare für Vorträge oder Textbeiträge deklariert waren. Bei größeren Beträgen standen meist Firmennamen.

Hinter den Summen war stets vermerkt „Investmentbank Wien", „Ung. Nationalbank Budapest" oder „Banca Romania Bukarest". Es waren mindestens zwei Millionen, die allein auf den ersten drei Seiten, die ich durchschaute, zusammenkamen. Es waren massenhaft Zahlungen für ganz unterschiedliche Leistungen, aber, wenn man es unvoreingenommen betrachtete: für die Behauptung, daß Barenyi mit diesen Geldern für Spionagedienste bezahlt worden war, gab das Material doch recht wenig, um nicht zu sagen nichts, her.

Ich suchte nach den 230.000 Mark und fand sie ziemlich weit unten auf der Liste. Sie waren tatsächlich mit dem Vermerk „Provision" versehen

– übrigens als einzige. Dahinter stand „Konto PZ Karlsruhe". Neben den 230.000 Mark für das Porsche-Zentrum waren noch einmal derselbe Betrag mit dem Vermerk „Arpad, Wien", darunter zweimal die Summe von 3,2 Millionen für das Budapester und das Bukarester Konto angegeben.

Plötzlich aber zog etwas anders meine Aufmerksamkeit auf sich: es war die Position darüber. Sie war mit 6,86 Millionen Mark mit Abstand die höchste unter allen. Allein das mußte sie interessant machen. Aber von viel entscheidenderer Bedeutung für mich war der Vermerk „FondsVerkauf Safetech". Als Datum war der 23. 7. 2000 angegeben. Dies, und das wußte ich genau, hatte nichts mit Spionage zu tun, aber ganz gewiß mit mir und meinem Geld!

Safetech – das war die Firma von Rolf Hauser, einem ehemaligen Mitarbeiter am Fachbereich, der sich mit Software für Datensicherheit selbständig gemacht hatte. Das Projekt war ein Senkrechtstarter am Neuen Markt. Anfangs hatte gerade auch Barenyi aufgerufen, Aktien von Safetech zu kaufen. Das war kein Einzelfall – er trat überall als Förderer neuer Hightech-Firmen auf, insbesondere wenn es sich um Leute aus seiner Schule handelte. Aber für Safetech hatte er besonders intensiv die Werbetrommel gerührt.

Und alle, die sich an Safetech beteiligt hatten, waren plötzlich reiche Leute gewesen. Auch die 2.000 Mark, die ich investiert hatte, waren auf dem Höhepunkt des Booms fast 165.000 wert gewesen. Am 25. Juli schmierte die Aktie wie so viele aus dem Bereich dem New Economy ab. Dieses Datum kannte ich zu genau, um mich zu irren. Es war bekannt geworden, daß die Erwartungen in die Firma überzogen gewesen waren. Barenyi selbst hatte in einem Gespräch im Geschäftsführerzimmer bedauernd gemeint, daß Hauser nicht mehr auf dem neuesten Stand der Forschung gearbeitet habe und daß das Ganze – er meinte den Neuen Markt – schon lange nichts mehr mit realen Geschäftsdaten, sondern nur noch mit der Phantasie der Anleger zu tun habe. Kurz zuvor war eine Fondsgesellschaft ausgestiegen und hatte den Niedergang des Kurses eingeleitet. Meine Aktien waren derzeit noch nicht einmal die Hälfte dessen wert, was ich ursprünglich investiert hatte.

Wenn das hier stimmte, hatte Barenyi irgend etwas – nein, nicht nur irgend etwas, sondern eine ganze Menge damit zu tun, daß eben diese Fondsgesellschaft, die zwei Tage vorher verkauft hatte, einen Riesengewinn eingesteckt hatte. Knapp 6,9 Millionen Mark auf Kosten hunderter solcher Kleinanleger, wie ich einer war. Und eines war klar: Barenyi verfügte garantiert über Insider-Wissen. Hauser hatte ihm vertraut. Leute, die am Neuen Markt investierten, informierten sich bei ihm und gaben viel auf und wohl auch für seine Einschätzung.

Mir drehte sich alles im Kopf. Stück für Stück dämmerte es mir: hier ging es gar nicht um Spionage, sondern um Kursmanipulationen. Volker hatte sich geirrt. Sicherlich hatte er von Aktiengeschäften keine Ahnung gehabt. Deshalb war er auch beim Stichwort Safetech nicht stutzig geworden. Er hatte sich ja so in seine Spionage-Idee verrannt, daß er die ganze Liste als Entlohnung durch irgendwelche östlichen Geheimdienste interpretiert hatte. Aber das gab sie offensichtlich nicht her. Allerdings war wohl sogar ihm aufgefallen, daß für einen Außenstehenden nichts außer den 230.000 Mark wirklich auf eine unkorrekte Bereicherung Barenyis hindeutete und darum war ihm die Porsche-Sache so wichtig gewesen. Und irgendwie hatte er auch recht gehabt. Barenyi war eine linke Type und ohne Volkers Hartnäckigkeit und Findigkeit, vor allem aber ohne seine Hackerqualitäten wäre ihm keiner auf die Schliche gekommen.
Volkers für übermorgen vorbereitete Mailing-Aktion war jetzt natürlich hinfällig. Es war an mir, die wirkliche Schweinerei aufzudecken und dafür zu sorgen, daß die Öffentlichkeit erfuhr,

welche üblen Machenschaften der Zigeunerbaron betrieb. Daß ich selbst zu den Geschädigten gehörte, würde meinen Eifer noch erhöhen. Ich saß da und brütete über meinen Rachegedanken, rief mich aber dann selbst zur Ordnung: es war inzwischen fast halb vier – was war noch zu tun?

Eine ganz wichtige Frage war noch offen. Was war am 16. April hier geschehen? Denn wenn Barenyi etwas mit dem Tod von Volker zu tun hatte, woran ich nach wie vor nicht zweifelte, dann mußte er an dem Osterwochenende, nach dem Volker tot aufgefunden wurde, hier im Fachbereich gewesen sein. Der Polizei gegenüber hatte er – wie wir alle übrigens – angegeben, daß er die Räume des Fachbereichs seit Gründonnerstag Nachmittag nicht betreten habe. Er wäre mit seiner Frau im Skiurlaub gewesen. Ich mußte also einen Hinweis darauf finden. daß er in dieser Zeit im Hause gewesen war.

Mein kranker Körper meldete sich wieder – ich genehmigte mir einen weiteren Schokoriegel und noch einen Schluck Cola.
Wie konnte ich Barenyis Anwesenheit nachweisen? Ich zermartete mein müdes Hirn. Dann hatte ich eine Idee. Ich startete ein Suchprogramm, um herauszufinden, ob sich um die kritische Zeit etwas auf Barenyis Account getan hatte.

Wer an dieser Uni zu welchem Zeitpunkt auch immer an seinen Rechner kommt, der schaut geradezu zwanghaft nach, ob neue Mails eingetroffen sind. Und wenn der Zigeunerbaron in der besagten Nacht da gewesen war, dann hatte sicher auch er seine Mails gelesen und vielleicht – ja hoffentlich! – beantwortet. Ich klickte mich durch den Postausgang und fand fast auf Anhieb drei Nachrichten, die Barenyi am 16. April zwischen 6.17 Uhr und 6.36 Uhr geschrieben und abgesandt hatte. Das war sensationell. Das war der Beweis dafür, daß Barenyi der Polizei gegenüber gelogen hatte. Ich würde ihn kriegen.

Plötzlich fiel mir ein, daß es unbedingt nötig war, die Daten zu sichern. Ich mußte die Dokumente auf Diskette ziehen – vor allem die Aufstellung der Finanztransaktionen aus Barenyis Rechner, die Volker nicht mehr rechtzeitig auf die html-Seiten hatte kopieren können. Ich suchte nach Disketten. Wo Informatiker zugange sind, liegen sie normalerweise massenhaft herum. Nur hier war das nicht so: in dem gesamten blöden Kabuff war nicht eine einzige Diskette zu finden. Wahrscheinlich hatte Barenyi alles mitgenommen, als er Volkers Daten für sich sichern wollte. Was blieb anderes, als mir noch einmal von Schornheimer aushelfen zu lassen? Ich huschte in sein Zimmer hinüber und griff mir ein paar der her-

umliegenden Disketten. Auf der zweiten schien nichts Wichtiges zu sein, außerdem war noch reichlich Platz. Ich würde die Daten zu Hause kopieren und seine Diskette in den nächsten Tagen wieder in das Chaos auf seinem Schreibtisch zurücklegen.
Ich machte mich an die Arbeit. Zuerst die Auflistung, dann die Ausgangsliste des Mail-Programms. Auf einmal bekam ich es mit der Angst zu tun. Wenn mich jemand erwischte, wohin sollte ich dann mit der Diskette? Ich mußte die Daten anderswo sicher unterbringen – außerhalb des Fachbereichs. Ich überlegte lange. Meine Konzentration ließ wieder nach. Aber dann hatte ich die rettende Idee. Ich würde die Daten auf den gmx-account schicken, den Carmen und ich für unsere persönlichen Mails benutzten. Ich loggte mich ein und tippte die Adresse C.K.U @gmx.de – da hörte ich hinter mir ein Geräusch. Durch die Tür, die ich vergessen hatte abzuschließen, als ich in Schornheimers Zimmer nach den Disketten gesucht hatte, fiel ein Lichtschein. Ich fuhr herum.

Showdown im Morgengrauen

Barenyi stand in der Tür. Ich konnte seine Silhouette deutlich erkennen.

„Nicht ganz unerwartet, aber dennoch überraschend, Urbanek“. Er schaltete das Licht ein. Ich blinzelte. Auf seinen Lippen spielte ein böses Lächeln.

„Meine Frau meinte, Sie würden nicht noch einmal kommen nach dem erzwungenen Ausstieg am Freitag. Aber ich hab‘s Ihnen zugetraut. Interessant wäre es natürlich zu wissen, wie Sie diesmal hereingekommen sind, nachdem noch um 22 Uhr alles ordentlich abgeschlossen war. Sie scheinen über erhebliche kriminelle Energie zu verfügen.“

Ich sagte erst einmal nichts. Barenyi trat einen Schritt ins Zimmer.

‚Verdammt‘, ging es mir durch den Kopf: Wenn dieser Mann Volker auf dem Gewissen hatte, würde er dann zögern, auch mich umzubringen? Ich war kein Kämpfer. Körperlich war ich Barenyi sicher unterlegen, auch wenn er 20 Jahre älter war als ich. Was hatte ich, um mich zu wehren? Mein Taschenmesser? Lachhaft! Die Schraubenzieher? Mein Rucksack, in dem die Sachen waren, stand neben der Eingangstür. An den kam ich nicht heran. Unter meinen Achseln bildete sich Angstschweiß.

„Nun, was machen Sie denn so Wichtiges hier um diese Zeit?“ Er näherte sich dem Bildschirm und las ein paar Zeilen. Er begriff. Die Wut stieg in ihm auf. Man konnte es sehen.

„Das sind Daten aus meinem Rechner, eindeutig!“ Nach einer Sekunde des Schweigens brüllte er los: „Verfluchter Hiwi, von hier aus hat er mich also ausspioniert!“ Er warf einen kurzen Blick in Richtung Kabelschacht – der Hub war gut zu sehen. „Das ist doch Hubertis Werk – und Sie sind daran beteiligt, Sie stecken mit ihm unter einer Decke?“

„Wenn ich mit ihm unter einer Decke gesteckt hätte, hätte ich nicht bis heute Nacht gebraucht, um dies hier zu entdecken“. Ich war selbst erstaunt, wie salopp ich diese Antwort hinbrachte. Bravo, Klaus Urbanek! Bleib im Gespräch! Laß dich nicht zur Sau machen!

„Und jetzt wollen Sie mich der Zusammenarbeit mit östlichen Geheimdiensten, der Wirtschaftsspionage und des Geheimnisverrats überführen?“ Er versuchte höhnisch zu grinsen, was ihm aber wegen seines noch immer hochroten Kopfes nicht so recht gelang. „Das war doch Hubertis Theorie. Deshalb hat er hinter mir her spioniert, sich in Privatangelegenheiten gemischt, kriminelle Methoden angewandt. Soll ich Ihnen etwas sagen, Urbanek? Der Mann war krank – im Kopf, meine ich, nicht nur herzkrank. Der hat seine Romane und Computerspiele mit der Realität verwechselt. Der wollte verdienter Held des Vaterlands sein und war doch in Wahrheit nur eine verkrachte Existenz – 28 Semester ohne einen Abschluß. Ich habe vom ersten Tag meines Dekanats an gesagt, daß ich nicht verstehen kann, wieso der Fachbereich so einer Type seine gesamte Infrastruktur anvertraut. Als das mit der Nachspioniererei anfing, habe ich das zuerst gar nicht ernst genommen. Dann habe ich gedacht, er wollte mich erpressen. Aber mit der Zeit habe ich realisiert, daß der Wahnvorstellungen hatte: er wollte mich der ganzen Welt als Ostagenten und Vaterlandsverräter präsentieren – absolut hirnrissig. Und Sie, Sie glauben das wohl auch und spielen sein Spielchen weiter?" Er hatte sich in Rage geredet.

„Huberti hat sich etwas verrannt. Gebongt", gab ich zu, „aber ‚absolut hirnrissig' finde ich nun auch wiederum ein bißchen übertrieben. Immerhin hat er eine Menge über Ihre geheimen Konten herausgekriegt und dafür, daß er nichts von Börsenspekulation verstand, konnte er ja wohl nichts. Von den neunhundertsechzig Kröten, die ihm der Fachbereich für seinen Rundum-Service hinlegte, konnte er ja wohl nicht auch noch Aktien kaufen."

„Aktien?" – Barenyi schaute etwas verdutzt. Das war meine Chance – jetzt mußte ich nachlegen.

„Na, jetzt spielen Sie doch nicht den Ahnungslosen! Ich kenne die Geschichte der Safetech-Aktie gut genug. Am 25. Juli letzten Jahres ist der Kurs abgeschmiert. Auslöser war der massive Verkauf durch eine Wiener Anlagegesellschaft. Aus

164.000 Mark wurden über Nacht 1.000 Mark – für die Kleinen wohlgemerkt, aber nicht für die Großen. 6,86 Millionen hat den Österreichern der Deal eingebracht und von wem hatten sie wohl den Tip? Von Herrn Professor Barenyi natürlich, dem Förderer innovativer Unternehmen, dem Beschaffer von Risikokapital für junge aufstrebende Hightech-Firmen, dem Sachverständigen mit dem Insider-Wissen. Nein, das hat Volker Huberti nicht gemerkt, aber er hat das richtige Gespür dafür gehabt, daß da etwas faul war im Staate Dänemark – oder sollte ich besser sagen: im Staate Ungarn?" Das saß. Ich kam richtig in Fahrt. „Und recht hat er doch gehabt damit, daß einem keiner einen Porsche für nichts finanziert, oder? Aber 230.000 Mark für einen kleinen Tip, der Millionen wert ist, das macht schon eher Sinn."

Barenyis Gesichtsfarbe hatte sich von rot in weiß verwandelt. Er gab sich einen Ruck.
„Alle Achtung, Herr Kriminalist. Abgesehen davon, daß Sie sich ihre Informationen auf absolut ungesetzliche Weise verschafft haben, was Ihnen noch leid tun wird, haben Sie deutlich mehr Realitätssinn bewiesen als Ihr Freund Huberti. Es wird mir wohl nichts anderes übrig bleiben, als Ihnen ein paar Dinge etwas ausführlicher zu erläutern – Sie haben doch ein bißchen Zeit für

mich, Urbanek? Und es interessiert Sie doch wohl auch brennend zu wissen, was der Barenyi im Geheimen so treibt?"
Ich nickte etwas belämmert.
„Dann machen Sie sich's doch etwas bequemer!"
Erst jetzt merkte ich, daß ich immer noch halbverdreht auf meinem, das hieß auf Volkers altem Schreibtischstuhl saß und zu Barenyi, der hinter mir in das Kabuff getreten war, aufschaute.
Barenyi setzte sich auf einen Hocker. „Wie Sie wissen und wie man ja auch an meinem Namen merkt, stammt meine Familie ursprünglich aus Ungarn, genauer genommen aus dem ungarischen Siedlungsgebiet in Siebenbürgen. Aus Marosvásárhely, zu deutsch Neumarkt, wenn Sie sich auf dem Balkan auskennen. Das liegt seit 1918 in Rumänien und heißt heute offiziell Tirgu Mures. Meine Großeltern kamen nach dem verlorenen Ersten Weltkrieg und dem Untergang der k.u.k. Monarchie zunächst nach Wien, später nach Berlin, wo unter anderem ich geboren wurde. Meine Geschwister und ich sind als Ungarn erzogen worden. Wir sind selbstverständlich zweisprachig aufgewachsen – zuerst lernten wir ungarisch, dann deutsch. Den Kontakt in die alte Heimat haben wir, soweit es möglich war, auch in den Zeiten des Kalten Krieges immer aufrecht erhalten. Aber als ehemalige Gutsbesitzer, als Klassenfeinde, waren wir nicht willkommen. Als

das Sowjet-Imperium zusammenbrach, waren wir mit die ersten, die die alte Heimat besuchten. Es war deprimierend, erschütternd, sage ich Ihnen. Waren Sie schon einmal in Rumänien?"
Ich schüttelte den Kopf.
„Wenigstens in der ehemaligen DDR?"
Wieder schüttelte ich stumm den Kopf.
„Auch nicht? Na, ja, glauben Sie mir, Sie können sich das nicht vorstellen, dieses Elend, diese Armut – in Rumänien meine ich – und das auch heute noch, Jahre nach Ceaucescus Sturz. Und unsere Leute gehören zu einer ethnischen Minderheit, das macht es für sie noch schwerer.
Meine Frau, die übrigens auch ungarische Vorfahren hat, und ich, wir fanden, daß wir etwas tun mußten. Uns geht es ja auch nach hiesigen Maßstäben nicht schlecht, aber im Vergleich zu den Menschen dort leben wir in einem absolut märchenhaften Reichtum. Andere aus unserer Familie waren auch bereit mitzumachen. Seit 1992 gehen praktisch alle meine Vortragshonorare und Tantiemen für Veröffentlichungen nach Siebenbürgen, direkt wohlgemerkt. Das hat auch den Vorteil, daß das Geld am deutschen Fiskus vorbeigeschleust wird. Aber deshalb habe ich kein schlechtes Gewissen – es ist schließlich für einen guten Zweck.
Wir haben schon eine Menge bewegt in Marosvásárhely und den umliegenden Dörfern. Wir

fördern Schulen und Büchereien für die ungarische Minderheit. Wir haben den Bau einer neuen katholischen Kirche bezahlt und sind gerade dabei, den Wiederaufbau von zwei alten, historisch wertvollen Kapellen zu finanzieren. Einen Bericht darüber haben Sie ja beim Frühlingsfest bekommen. Wir vergeben günstige Kredite an einheimische Handwerker und Existenzgründer, die von den rumänischen Banken benachteiligt werden. Für die Finanz-Transfers haben wir ein System verschiedener sicherer Wege entwickelt. Wir haben diverse Vertrauenspersonen, die die einzelnen Projekte betreuen. Wir pflegen – auch das kostet Geld – ein Netz von Beziehungen, ohne die dort nichts laufen würde. Ja, wir sind schon ein bißchen stolz auf das, was wir in wenigen Jahren geleistet haben."
Barenyi schaute mich an. Seine Stimme war warm geworden. Er schien selber ehrlich gerührt zu sein von diesem Bericht über sein humanitäres Engagement. Und er wollte, daß es auch auf mich Eindruck machte. „Wir selbst haben uns entschieden, mit meinem Gehalt und dem, was meine Frau mit ihrer kleinen Kunstgalerie verdient, zu leben, und haben es nie bereut."
Das hätte ich auch nicht, dachte ich. Für eine Villa im schönen Otterberg, ein standesgemäßes Privatleben, Klamotten vom Feinsten, teure Privaturlaube, ein Audi TT Cabrio für sie und einen

A6 für ihn hat's ja allemal gereicht. Nein, ich hatte nicht vor, mich von diesem Gutmenschen Barenyi einwickeln zu lassen. Ich hielt meinen Zorn am Kochen. Ich versuchte, ihn zu provozieren: „Aber für einen Porsche Carrera hat's halt nicht mehr gelangt."
Barenyi schien fast betrübt.
„Ich sehe, Sie verstehen mich nicht oder vielmehr: sie wollen mich nicht verstehen. Die Sache mit dem Porsche, na, ja." Er seufzte. „Zugegeben, schicke Autos sind meine persönliche Schwäche. Sehen Sie, Urbanek, als vor zwei Jahren die Sache mit Safetech anfing, hatte ich gerade einen größeren Betrag zur Verfügung – und Hauser schien mir die Unterstützung zu verdienen. Ich habe einen Bruder Arpad, der in Wien lebt."
„Ach," unterbrach ich ihn, „das ist Ihr Bruder, die Nummer zwei, die auch 230.000 Mark Provision kassierte. Das sind dann mal 460.000 für die edelmütige Familie."
„Ja, Arpad ist mein Bruder," gab er gereizt zurück. „Aber verdammt noch mal, jetzt hören Sie doch erst mal zu. Mein Bruder arbeitet für die Börse in Wien. Ich gab ihm meine 85.000 Mark und er kaufte über eine Fondsgesellschaft Aktien von Hausers Firma. Der Gewinn war von Anfang an für unser Projekt bestimmt. Ich wollte, das werden Sie vielleicht verstehen, nicht, daß

mein Name da ins Spiel kam. Das war der Durchbruch für Safetech, der Kurs stieg rapide in schwindelnde Höhen. Im letzten Sommer kam dann der Zusammenbruch der Spekulationsblase am Neuen Markt. Arpad rief mich an und fragte, ob er verkaufen sollte. Wir beratschlagten und kamen nach allem, was uns an Informationen zu Gebote stand, überein, daß es besser sei, uns so schnell wie möglich von den Aktien zu trennen."
Wieder fiel ich ihm ins Wort: „Schön haben Sie das formuliert: ‚Nach allem, was uns an Informationen zu Gebote stand'. Sie genossen Hausers Vertrauen, Ihr Bruder arbeitet für die Börse. Insidergeschäfte nennt man so etwas doch und das ist illegal."
„Quatsch, alles Quatsch!" Barenyi versuchte, seinen Ärger zu kontrollieren: „Mit Insidergeschäften hat das überhaupt nichts zu tun. Ich habe keine Funktion in Hausers Firma und auch keinen besonderen Einblick in das, was da geschieht. Mein Bruder arbeitet in der Abrechnungsstelle der Börsengesellschaft. Da kommt er gewiß nicht an die sensiblen Informationen heran. Wir haben dazu kein illegales Geheimwissen gebraucht, sondern nur unseren Grips und unseren gesunden Menschenverstand. Daß die Papiere am Neuen Markt hoffnungslos überbewertet waren, konnte seit Wochen jeder lesen, der den Wirtschaftsteil einer beliebigen Zeitung auf-

schlug. Es war doch nur eine Frage der Zeit, wann der Einbruch kommen würde. Und nachdem EM.TV den Bach runter gegangen war, war das keine Frage von Wochen mehr, sondern nur noch eine von Tagen. Gehalten hätte der Safetech-Kurs sowieso nicht. Wir konnten nur verlieren oder eben den Gewinn mitnehmen – und die Chance, einen solchen Betrag für die Menschen in Siebenbürgen zu bekommen, durften wir uns einfach nicht entgehen lassen. Wir verkauften übrigens keinen Tag zu früh. Schon am nächsten Tag hätten wir keinen mehr gefunden, der uns das Paket zu dem Preis abnahm. Knapp sieben Millionen Mark – das war der Wahnsinn. Und dann fanden wir, daß wir uns zum ersten Mal in all den Jahren auch einmal eine Provision genehmigen konnten. Das war das Geld für meinen Porsche. Arpad hat seiner Tochter ein Zwei-Zimmer-Appartement in Wien gekauft. Ich glaube, niemand außer Ihnen und natürlich diesem Huberti hätte darin etwas Verwerfliches erblicken können." Er schwieg und schaute mich an. Er konnte seine Version echt gut darstellen – das mußte man zugeben. Fast hätte ich ihm zugestimmt.

„Toll!", sagte ich trotzig, „ein gutes Werk für die Menschen in Siebenbürgen." Ich versuchte dabei, seinen salbungsvollen Ton nachzuahmen. „Und nebenbei die Kleinigkeit von 230.000 für Sie und

Ihren Bruder. Und wer zahlt die Zeche? Wer gibt mir meine 164.000 wieder und den anderen das, was sie verloren haben – das addiert sich allein bei denen, die hier vom Fachbereich dabei waren, Schmitt, Dr. Moder, Schornheimer und noch einigen anderen, auf eine kleine Million." Ich redete mich in Wut. „Ich erinnere mich noch genau: Sie haben dabeigestanden, als wir hier über unsere Verluste lamentiert haben. Und Sie haben nicht nur nichts davon gesagt, wer den Reibach gemacht hat, Sie haben auch noch genickt, als wir geschimpft haben über die Spekulanten, die rechtzeitig aussteigen und die anderen auf den Verlusten sitzen lassen."

Barenyis eben noch sanfter Gesichtsausdruck verfinsterte sich wieder. „Jetzt reicht's aber, Urbanek!" donnerte er. „Sie haben, wenn ich richtig rechne – und ich kann richtig rechnen! – vor zwei Jahren 2.000 Mark in Safetech investiert. Jetzt haben Sie noch knapp 1.000. Das ist ein Verlust von gut 50%, ärgerlich gewiß, aber doch keine Katastrophe und im Übrigen durchaus im Bereich des Normalen bei Aktiengeschäften. Hauser macht inzwischen wieder gute Umsätze. Behalten Sie Ihre Aktien noch zwei, drei Jahre und sie sind 5.000 wert, das garantiere ich Ihnen. Aber hören Sie doch endlich auf, von Ihren 164.000 Mark zu faseln. Sie haben nie 164.000 Mark besessen, sondern lediglich Aktien, die zeitweise zu einem

Phantasiekurs gehandelt wurden. Warum haben Sie denn nicht verkauft? Doch nicht aus sozialem Gewissen Hauser oder irgendwelchen anderen Aktionären gegenüber, sondern einzig und allein deswegen, weil Sie wie viele andere gehofft haben, der Kurs würde immer noch weiter steigen, geben Sie's doch zu! Und weil Sie, wiederum wie viele andere, sich nicht die Mühe gemacht haben, die Märkte zu beobachten, um die Zeichen der Zeit erkennen zu können, schimpfen Sie jetzt auf die, die klüger waren als Sie. Ja, ja, wenn Gewinne gemacht werden, ist das große Börsenspiel das Tollste überhaupt, und wenn Verluste anfallen, handelt es sich um unsoziales kapitalistisches Teufelszeug. Haben Sie im Frühjahr in der Zeitung gelesen, was Manfred Krug den enttäuschten Telekom-Aktionären ins Stammbuch geschrieben hat, die ihn für ihre Verluste verantwortlich machen wollten, weil er Werbung für die T-Aktie gemacht hat? Nein, schade – das hätte auch auf Sie gepaßt, Kläuschen!"

‚Kläuschen', er hatte es sich gemerkt, das Schwein! Ich haßte ihn dafür. Ich haßte ihn auch, weil er im Grunde recht hatte. Aber ich konnte nicht zulassen, daß er jetzt wieder Oberwasser bekam.

„So", sagte ich und bemühte mich, ganz gelassen zu wirken. „Fassen wir zusammen, was unser bisheriges Gespräch ergeben hat: Mit Wirtschaftsspionage für den Ostblock haben Sie rein gar nichts zu tun. Volker Huberti hat sich da in seine eigenen phantastischen Hirngespinste verrannt. Allerdings ist er bei seinen Recherchen auf 230.000 Mark unversteuerten Spekulationsgewinn gestoßen, als er in der Porsche-Geschichte Nachforschungen anstellte. Dies hinwiederum hat mir zu der Erkenntnis verholfen, daß Sie sehr wohl etwas mit den Safetech-Aktien zu tun haben. Aber auch das ist natürlich alles völlig legal und in Ordnung. Sie sind – im Gegenteil – ein Ehrenmann, ein sozial eingestellter Mensch, der fast sein ganzes Geld für die ungarische Minderheit in Siebenbürgen ausgibt. Sie stehen mit gutem Gewissen da und fühlen sich von irgendwelchen kleinen Spinnern oder Neidern verfolgt. Habe ich recht?"

Barenyi hatte mir mit wachsenden Erstaunen zugehört. Aber er blieb wachsam. „Worauf wollen Sie hinaus, Urbanek?"

„Ich frage mich, wieso, wenn eigentlich überhaupt nichts Problematisches vorliegt außer einem kleinen Steuervergehen" – darauf mußte ich herumreiten, denn das war das einzige, was ich faktisch in der Hand hatte, der Rest war ein Schuß ins Blaue – „wieso dann Huberti sterben mußte."

Barenyi starrte mich an. Einen Moment lang schien er hin- und hergerissen zwischen einem

Zornausbruch und kühler Abwehr. Dann entschied er sich für die zweite Variante. „Sie unterstellen einen Zusammenhang zwischen meinen Finanzangelegenheiten, die wir soeben diskutiert haben, und Hubertis Tod? Eine gewagte Hypothese, finden Sie nicht? Welche Erkenntnisse haben Sie denn vorzuweisen, die ein solches Postulat gerechtfertigt erscheinen lassen könnten?“ Er versuchte, seinen gewohnt arroganten Gesichtsausdruck aufzusetzen, während er sich extra gewählt ausdrückte. Das gelang ihm nur zum Teil, brachte ihm aber Zeit.
Aber viel half mir das auch nicht: denn nun mußte ich meine Karten auf den Tisch legen.
„Sie haben seit geraumer Zeit, sagen wir mal: spätestens seit Huberti beim Porsche-Zentrum in Karlsruhe erfahren hatte, daß der Wagen von Wien aus bezahlt worden war, gewußt, daß er tieferen Einblick in ihre Finanzaffären hatte als Sie vermutet hatten. Darauf haben Sie beschlossen, ihn genauer zu überwachen – zur Gegenspionage überzugehen sozusagen. Und eines Nachts, das heißt natürlich nicht irgendeines Nachts, sondern während der Osterfeiertage am 15. und 16. April, haben Sie ihn hier überrascht. Genauso wie mich heute. Nur saß er nicht hier in seinem Kabuff, um Daten aus Ihrem Rechner zu holen, sondern vermutlich vor dem Zentralrechner des Fachbereichs im Nebenraum von Moders Zimmer.“

Barenyi machte ein Pokergesicht. Also war ich auf dem richtigen Weg. „Und dann?“ fragte er spöttisch.
„Dann haben Sie ihn angebrüllt, ihn beschimpft und ihm den sofortigen Rauswurf angedroht – Suspendierung, Hausverbot und so weiter.“ Ich grinste ihn an. Er reagierte nicht. „Jedenfalls haben Sie ihn dazu gebracht, daß er Ihnen seine Theorie mitteilte. Die Tagungen, die Ostkontakte, der verdächtige Korteky.“ „Quatsch,“ platzte Barenyi dazwischen, „ausgemachter Quatsch war das. Bela Korteky schreibt für eine renommierte Computerzeitschrift und kommt deshalb regelmäßig zu den Tagungen, an denen auch ich teilnehme.“ Das kam arg spontan. Hatte er sich damit verraten?
„Huberti jedenfalls war der Meinung, daß es sich bei Korteky um einen ehemaligen Mitarbeiter des ungarischen Geheimdienstes in der DDR handelte.“
„Huberti“, Barenyi schnaufte verächtlich, „Huberti hat hinter jedem Busch einen KGB-Mann lauern sehen. Sagen Sie mal, nehmen Sie das ernst?“
„Ich habe nicht gesagt, daß ich das ernst nehme. Aber ich weiß, daß Huberti davon felsenfest überzeugt war. Und es kam ja gar nicht darauf an, daß er die richtige Theorie hatte, sondern daß er bestimmte Informationen gesammelt hatte und

veröffentlichen wollte, was Ihnen doch wohl eine Menge Ungelegenheiten bereitet hätte. Selbst wenn das alles ausgemachter Quatsch gewesen sein sollte: was wäre denn passiert, wenn all die Firmen, die Sie beraten, all die Kollegen, mit denen Sie kooperieren, all die Gremien, in denen Sie sitzen, wenn diverse staatliche Stellen, alle Presseagenturen und Zeitungen ein Dossier mit ihren Transfer-Südost-Geldern mit einer Aufstellung ihrer geheimen Forschungsprojekte und von noch diesem oder jenem zusätzlich sowie als Sahnehäubchen der Porsche-Geschichte erhalten hätten? Was hätte es Ihnen geholfen, ‚Quatsch, ausgemachter Quatsch' zu sagen?"
Endlich war es mir gelungen, eine Frage zu stellen, die ihn zum Reden zwang. Ich hatte ganz schön zugelangt und dabei eine Menge von meinem Wissen preisgegeben, andererseits aber auch ganz munter drauf los konstruiert.
Barenyi nahm den Faden auf. „Das also, meinen Sie, hatte er vor? Ja, eine Menge Unannehmlichkeiten hätte er mir damit gewiß bereitet, vielleicht auch nicht wieder gut zu machenden Vertrauensverlust verursacht. In dem Bereich, in dem ich arbeite, ist schließlich vieles Vertrauenssache, wie Sie wissen. Selbst wenn nichts dran war: ‚Aliquid semper haeret', sagt der Lateiner." Er schaute mich an. „Ach so, Latein gehört heute ja nicht mehr zum Fächerkanon, leider. ‚Aliquid semper

haeret' – das lernten wir in der Quinta – bedeutet: ‚etwas bleibt immer hängen'. Ja, schon bei den alten Römern konnten Karrieren mit Falschinformationen zerstört werden. Aber zurück zum Thema: Ihrer Theorie nach erkannte ich also, daß Huberti, wenn auch mit einer falschen Generallinie, dabei war, meine Karriere zu bedrohen, und brachte ihn deshalb kurzerhand um. Und wie habe ich das gemacht? Vermutlich indem ich ihn freundlich zu einem Kaffee einlud. Ich erbot mich väterlich-freundlich, ihm auch noch seine Herztabletten hineinzutun, und nahm unauffällig die vierfache Menge. Dann plauderten wir noch ein Weilchen, bis er sterbend vornübersank. Dann schleppte ich ihn hierher an den Schreibtisch in seinem Kabuff und machte mich aus dem Staub. Ja, Urbanek, geht so ihre phantastische Geschichte weiter?"

Was sollte ich sagen? Genau das war mir auch schon durch den Kopf gegangen. Ich konterte so frech wie möglich: „Das, Herr Professor, ist nun tatsächlich der Teil der Geschichte, den Sie besser kennen müßten als ich!"

Das brachte ihn zum Explodieren: „Jetzt reicht's aber. Ich habe mir ihre abenteuerlichen Theorien ja angehört, weil es mich interessiert hat, zu welchen Unterstellungen Ihr krankes Hirn fähig ist. Aber jetzt muß ich wohl doch in aller Deutlichkeit klarstellen. Nichts von alledem entspricht der

Wahrheit, nichts, nichts! Ein solches Gespräch hat niemals stattgefunden. Ich war an den Ostertagen nicht hier im Haus. Ich habe Huberti hier nicht getroffen. Ich wußte noch nicht einmal, was Sie anscheinend alles wissen über seine Pläne gegen mich und meine Arbeit. Hören Sie auf, solchen Blödsinn zu erzählen. Ich warne Sie. Es könnte Sie teuer zu stehen kommen."
Jetzt war es Zeit für meinen letzten Trumpf: „Ja, wenn auch manches gewiß nur Theorie ist," sagte ich bedächtig, „so ist bestimmt nicht alles falsch. Zumindest gibt es Beweise dafür, daß Sie in der fraglichen Nacht hier im Haus waren, obwohl Sie der Polizei eine ganz andere Geschichte, nämlich die vom Skiurlaub im Wallis erzählt haben."
„Was für Beweise?" schnarrte Barenyi.
„Die Mails", entgegnete ich ruhig, „Ihre Mails, die Sie am 16. April frühmorgens hier abgesetzt haben. Ich habe Sie hier auf dem Bildschirm." Ich bewegte die Maus und seine Postausgangsliste wurde wieder sichtbar. Zur Sicherheit habe ich die Daten bereits per Mail so gesichert, daß es Ihnen nichts mehr nützt, sie zu löschen." Das mußte er mir glauben, daran hing jetzt alles! Nun galt es, Selbstbewußtsein zu demonstrieren. „Ihr Pech übrigens, daß Sie eine halbe Stunde zu spät gekommen sind. Diese Daten, an die ich leider nur mit Hilfe von Hubertis Kabel kommen

konnte, waren das letzte Puzzleteil, das mir noch gefehlt hatte."
Einige Sekunden herrschte Schweigen. Dann preßte er zwischen den Lippen hervor: „Für Beweise halten Sie das? Lächerlich! Jeder kann doch jeden beliebigen Text irgend wohin mailen. Juristisch ist der Wert gleich Null." Das befürchtete ich allerdings auch.
„Und außerdem" fuhr er fort, „habe ich auch von zuhause direkten Zugang zu meinem Server, so daß meine Mails nur so erscheinen, als wären sie von hier aus abgeschickt worden." Das hielt ich für gelogen, konnte es andererseits aber nicht widerlegen.
„Aber," Barenyi fuhr fort, jetzt sehr ernst und drohend, „es geht, wie ich sehen muß, ja auch gar nicht um Wahrheit und Beweisbarkeit. Es geht Ihnen, wie Huberti, einzig und allein darum, mir etwas anzuhängen. Ja, Urbanek, Sie denken, Sie können an die Öffentlichkeit gehen mit Ihrer blödsinnigen Theorie über meine Beteiligung an Hubertis Tod und die Geschichte der Safetech-Aktien samt dem Porsche-Sahnehäubchen breittreten. Es wird dabei, das kann ich Ihnen versichern, nichts Konkretes außer einer Steuernachzahlung dabei herauskommen, kein Mord, keine Insider-Aktiengeschäfte, gar nichts! Aber – aliquid semper haeret, ich sagte es ja schon – einen Haufen Unannehmlichkeiten bereiten können Sie

mir schon: Mißstimmung im Fachbereich, die Polizei erneut im Haus; es ergibt sich die Notwendigkeit, allen und jedem alles Mögliche erklären zu müssen – höchst unangenehm und wohl auch ruf- und geschäftsschädigend. Nach Ihrer Theorie müßte ich Sie jetzt ja wohl ebenfalls umbringen." Er grinste fies. Mir wurde ziemlich flau im Magen.

Barenyi winkte ab: „Da brauchen Sie keine Angst zu haben, so etwas tue ich nicht. Aber," er wurde wieder ernst, „ich würde Sie anders vernichten. Machen Sie sich keine Illusionen. Zum Verlust Ihres Arbeitsplatzes, den Sie sich ohnehin schon eingehandelt haben, kämen Anzeigen wegen Hausfriedensbruch, Datendiebstahl, außerdem Verleumdungsklagen, Schmerzensgeldforderungen wegen Rufschädigung, Schadensersatzklagen wegen eines jeden entgangenen Geschäfts und eine Menge mehr. Ich kenne gute Anwälte. Glauben Sie mir, sie wären nicht nur arbeitslos, Sie wären ruiniert, ein Nichts!" Seinem Gesichtsausdruck nach zu schließen, schien er sich an dieser Vorstellung geradezu zu weiden.

Er erhob sich „Ich denke, Sie sollten jetzt verschwinden. Löschen Sie das, was Sie da zwischengespeichert haben und schalten Sie dann den Rechner ab."

Was blieb mir? Ich tat, was er sagte. Plötzlich war ich völlig leer. Trotzdem fiel mir noch ein, daß ich meinem Kollegen sein Gerät zurückbringen mußte. „Der Rechner ist aus Schornheimers Zimmer. Ich mußte ihn mir holen, weil ich ohne Schlüssel ja nicht in mein eigenes Büro konnte."
„O.k." sagte Barenyi, „bringen Sie das Zeug zurück, aber dalli!" Klar, er war nicht daran interessiert, daß jemand fragte, was sich heute Nacht hier abgespielt hatte.
Ich brachte die Sachen in Schornheimers Zimmer und schloß alles wieder ordentlich an. Barenyi wartete auf dem Gang.
„Ich lasse Sie zum Haupteingang hinaus. Es ist schon hell. Um diese Uhrzeit sollten Sie sich nicht mehr als Fassadenkletterer versuchen." Kleiner Scherz zum Abschied.
Ich fuhr mit dem Fahrstuhl hinunter. Aus einem der Notausgänge gelangte ich ins Freie. Der Himmel war wolkenverhangen, aber es war schon hell. Ich schaute auf die Uhr: es war erst kurz vor sieben – mir kam es vor, als hätte die Auseinandersetzung mit Barenyi eine Ewigkeit gedauert. Ich war völlig am Ende. Aber ich lebte noch. Immerhin. Also machte ich mich auf den Heimweg.

Unterwegs dachte ich nach. Was hatte ich erreicht? Nicht viel, außer daß jetzt offener Krieg herrschte. Was hatte Barenyi zugegeben? Eigentlich nichts, obwohl er Dreck am Stecken hatte. Am wichtigsten aber war die Frage: wie sollte ich jetzt weitermachen? Meine Theorie war mit Sicherheit nicht so schlecht gewesen. Ich hatte weitgehend richtig gelegen. Nur das mit dem Mord war eine eher fragwürdige Sache. Da hatte ich den Mund etwas zu voll genommen.
Ich dachte nach. Barenyi war im Haus gewesen, aber hatte er Volker wirklich umgebracht? Ich versuchte, mich in die Situation hineinzudenken. Eine Auseinandersetzung wie die, die ich eben mit Barenyi gehabt hatte. Volker war auch fertig gewesen. Er hatte sich wahnsinnig aufgeregt. Er hatte sich einen Kaffee gemacht, seine Herzbeschwerden gespürt und noch mal eine Tablette mehr genommen. Dann hatte sein Herz nicht mehr mitgemacht. Konnte es so gewesen sein? Und war Barenyi vorher gegangen? Oder hatte er Volker noch liegen sehen und war einfach verschwunden? Das wäre unterlassene Hilfeleistung gewesen. In jedem Fall mußte er an dem besagten Dienstagmorgen gewußt haben, daß Volkers Tod Folge der Auseinandersetzung gewesen war. Ich war dabei gewesen. Von einem schlechten Ge-

wissen hatte man nichts gespürt. Er hatte sich absolut unter Kontrolle gehabt, der Ehrenmann – oder, noch schlimmer, das Ganze hatte ihn völlig kalt gelassen.
Ich fühlte, wie die Wut wieder in mir aufstieg: ganz egal, wie es im Einzelnen gewesen sein mochte, Barenyi war schuld an Volkers Tod, der verdammte überhebliche Kerl mit seinen Drohungen!

Ich würde weitermachen. Ich mußte weitermachen. Hier in Kaiserslautern gab es für mich ohnehin nichts mehr zu verlieren. Und wenn ich die Sache mit Safetech aufdeckte, hätte ich wenigstens beim Weggehen die Sympathien einer Menge Leute auf meiner Seite. Und Barenyis Ruf wäre angekratzt. Ich mußte allerdings peinlich genau darauf achten, bei dem zu bleiben, was beweisbar war: der Aktienverkauf, die Steuerhinterziehung, die Anwesenheit im Fachbereich an Volkers Todestag. Ich durfte bloß nichts behaupten, woraus er mir einen Strick drehen konnte – er hatte mich ja selbst gewarnt.
Ich schwelgte in Rachegedanken. Ich sah mich nach Graz fahren, während Barenyi seinen Rücktritt vom Dekansamt erklären mußte. Ich hörte meine Kollegen sagen: ‚Da hat der Urbanek echt was Tolles geleistet. Schade, daß er jetzt geht!“ Ich stellte mir eine dankbare Marga vor,

der ich zwar keinen Mörder präsentieren konnte, die aber doch glücklich sein würde, daß ich ihren Volker sozusagen rehabilitiert hatte.

Ich mußte aufhören mit Träumen. Ich war in unserer Straße angekommen. Jetzt mußte ich mich erst einmal seelisch auf eine mögliche Begegnung mit Carmen vorbereiten. Wie würde sie reagieren, falls sie mich um diese Uhrzeit und in diesem Aufzug heimkommen sah? Ich hoffte inständig, daß die Restfamilie noch schlief und daß der übereifrige Nachbar, der das Grundstück unterhalb des unseren hatte, nicht schon im Garten herumwerkelte. Immerhin war heute Feiertag, Pfingstmontag. Alles schien ganz ruhig. Kein Mensch war in Sicht. Noch 50 Meter bis zu unserem Haus.
Mist, da kam doch jemand. Ein Gassigeher, oh je! Es war ein jüngerer Mann mit einem Riesenvieh von Hund. Ich schlenderte ein paar Meter zurück und bog nach oben ab in einen Treppenweg. Vom Spielplatz aus konnte ich die Lage überblikken. Herr und Hund waren jetzt auf Höhe unseres Hauses. Dann – ich sah es genau – setzte das Vieh seinen Haufen genau vor unsere Garage.
‚Verdammt, das ist er, der Schweinehund!' Wie oft hatten wir uns schon über diese riesigen stinkenden Tretminen geärgert. Ich war spontan versucht, hinüber zu rennen und den Kerl zur Rede

zu stellen. Aber ausgerechnet heute ging das nun wirklich nicht. Ich erging mich in Racheplänen: nächsten Sonntag um diese Zeit würde ich aufstehen, ihn von hier aus mit der Digitalkamera photographieren und anschließend bis zu seinem Haus verfolgen. Das Bild würde ich groß kopieren und mit Namen und Adresse an alle Laternenpfähle in der Umgebung kleben. Jeder würde wissen, wer der Drecksack war. Nie würde er sich hier wieder blicken lassen können. Die Vorstellung tat mir richtig gut.

Glücklicherweise kehrten die beiden nach Verrichtung des Geschäfts um und entfernten sich in die mir entgegengesetzte Richtung. Ohne weitere Störung gelangte ich zur heimatlichen Hütte. Alles war still, als ich an der Garage vorbei in den Garten schlich. Auch vom Nachbarn war noch nichts zu sehen. Jetzt mußte ich nur noch heil in mein Arbeitszimmer gelangen. Der Einstieg gestaltete sich naturgemäß etwas schwieriger als der Ausstieg. Schließlich war ich kein geübter Kletterer. Die Hauswand bekam einiges ab, als ich mich mit meinen erdigen Schuhen hochquälte. Ich mußte es darauf ankommen lassen, daß Carmen nicht ausgerechnet heute diesen Teil des Gartens inspizieren würde.

Drinnen angekommen fiel die Anspannung urplötzlich von mir ab. Ich fühlte mich unendlich ausgelaugt und kaputt.
Ich konnte unmöglich sofort weiter machen. Ich mußte mich erst einmal ausruhen, wenigstens kurz. Drei Stunden würde ich mir gönnen. Dann würde ich zunächst all das rekonstruieren, was Volker im Rechner vom Frau Graf gespeichert hatte. Denn an den kam ich nicht mehr heran. Danach würde ich auch noch die ganze Chose entsprechend meinem neuen Erkenntnisstand umarbeiten müssen. Es war eine gewaltige Menge Arbeit, die meiner harrte.
Ich zog mich aus, nahm noch eine Grippetablette, stellte den Wecker auf halb elf und legte mich schlafen.

Friedensangebot

Von kurz vor elf bis nachmittags um vier arbeitete ich – die Zusammenstellung des Ganzen mit Anschreiben und mit den Attachments von Volkers Diskette sowie den Daten, die ich auf Schornheimers Diskette gespeichert hatte, kriegte ich erstaunlich schnell und, wie ich fand, auch gut hin. Aber beim Formulieren der neuen Texte kam ich nicht voran, meine grauen Zellen versagten mir den Dienst. Ich legte mich wieder aufs Bett.

Abends wachte ich gerade noch rechtzeitig auf, um den Kindern ‚Gute Nacht' zu sagen. Mein Anblick war wohl ziemlich schlimm. Jedenfalls stellte keiner die Frage, ob es mir schon besser ginge. Carmen meinte, ich sollte am nächsten Tag so schnell wie möglich einen Termin beim Arzt ausmachen.

Später saßen wir gemeinsam im Wohnzimmer. Langsam mußte ich wohl mit einigem herausrükken. Ich überlegte, wie ich anfangen sollte. Im Fernsehen kam ein Krimi. Polizeiruf 110. Das schaute sich Carmen immer an. Dabei durfte man sie nicht stören. Ich würde also bis nach der Sendung warten. Galgenfrist.

Das Telefon klingelte. Carmen erhob sich. Wenn das Telefon ging, war es eigentlich immer für sie, um diese Uhrzeit schon gleich gar. Um ehrlich zu sein, wer sollte mich denn schon anrufen?

„Ja bitte? … meinen Mann? … Einen Augenblick, bitte!" Sie hörte sich sehr förmlich an. Ich blickte fragend zu ihr hinüber. Sie winkte mich ans Telefon, legte die Hand auf die Muschel und flüsterte: „Dein Chef. Es ist scheinbar was Dringendes."

Ich nahm ihr den Hörer ab. Sie setzte sich wieder auf's Sofa, machte aber mit der Fernbedienung den Ton des Fernsehers aus.
„Urbanek", meldete ich mich.
„Hier Barenyi", seine Stimme klang heiser. „Ich finde, wir sollten noch einmal miteinander reden. Hören Sie zu!" Er fragte mich gar nicht erst, ob ich auch fand, daß wir miteinander reden sollten. Ich sagte etwas steif: „Ich höre."
„Ich habe mir im Laufe des heutigen Tages noch einmal ausführlich unser Gespräch durch den Kopf gehen lassen und – Sie werden womöglich sehr erstaunt sein, das zu hören – ich bin zu der Auffassung gelangt, daß es für uns beide von Vorteil wäre, Frieden zu schließen."
Ich dachte, ich hätte mich verhört. Frieden schließen – das gab es doch nicht! „Wie bitte?", fragte ich.
„Sie haben schon richtig gehört und ich bitte Sie: lassen Sie einmal Ihre Emotionen beiseite und betrachten Sie ganz nüchtern die Situation für beide Seiten! Wenn Sie Ihre fixe Kreuzzugs-Idee weiter verfolgen, wird mir das zwar juristisch wenig anhaben können, der Schaden auf der atmosphärischen und Vertrauensebene aber wird beträchtlich sein. Meine Arbeit wird behindert, der Betriebsfrieden im Fachbereich wird gefährdet und – auch wenn Sie das vielleicht nicht interessiert – meine Möglichkeiten, etwas für die ungari-

sche Minderheit in Rumänien zu tun, werden eingeschränkt – und das gerade jetzt, wo es auf jede Mark ankommt."

Widerlich, der Kerl. Immer mußte er diese Fürsorglichkeit für andere heraushängen. Ihm würde ja eigentlich gar nichts passieren: Aber die Arbeit, das Klima am Fachbereich, die armen Menschen in Siebenbürgen – zum Kotzen fand ich das!

Barenyi ahnte wohl, was ich dachte. „Ja, ob es Ihnen paßt oder nicht, es geht eben nicht nur um mich, den Sie sich als bösen Feind erkoren haben, sondern um eine ganze Menge Leute und um ein gutes Stück Arbeit. Aber ich will gerne zugeben, daß es auch mich selbst empfindlich treffen würde. Schließlich habe ich einen Ruf zu verlieren. Aber" – er machte eine kleine Kunstpause – „betrachten Sie auch die andere Seite: Sie haben weit mehr zu verlieren als ich. Sie haben doch noch Pläne hier in Kaiserslautern. Sogar ein Häuschen wollen Sie kaufen, wie mir Ihre Gattin neulich erzählt hat."

‚Verdammte Plaudertasche!' Ich platzte fast vor Aggression.

Barenyi fuhr fort: „Ich mache Ihnen einen Vorschlag, Urbanek, hören Sie! Und ich an Ihrer Stelle würde die Gelegenheit beim Schopf ergreifen. Sie hören ab sofort auf, in dieser Huberti- oder Safetech-Affäre oder wie auch immer Sie diese Angelegenheit nennen wollen, zu agieren.

Sie verzichten auf jede Information nach außen und tragen nach Kräften dazu bei, daß die Verwirrung, die Huberti angerichtet hat, beseitigt wird."

Vollständige Kapitulation bedeutete das. Nicht nur ein Maulkorb für mich, ich sollte auch noch verpflichtet werden, beim Vertuschen zu helfen. Das hieß, alles kaputt zu machen, wofür Volker sich eingesetzt hatte, ja wofür er gestorben war. Alles in mir sträubte sich.

„Im Gegenzug", fuhr Barenyi fort, „sind Sie ab sofort wieder am Fachbereich beschäftigt und in den nächsten Wochen werde ich regeln, daß Sie Dr. Moders Stelle als Geschäftsführer übernehmen."

Das war unglaublich. Das konnte nicht sein Ernst sein, nach allem, was geschehen war.

„Sie sind erstaunt? Sie fragen sich, ob das mein Ernst sein kann nach allem, was geschehen ist?"

Ich hatte doch nicht etwa laut gedacht? Der Mann schien Gedanken lesen zu können.

„Urbanek, wissen Sie, in einer Position wie der meinen muß man in der Lage sein, über den eigenen Emotionen zu stehen. Wenn ich zu der Auffassung komme, daß es sinnvoll ist, daß wir uns arrangieren, dann bin ich auch in der Lage, mich entsprechend zu verhalten. Ich bin nicht wirklich nachtragend. Ich werde mit Dr. Moder reden und ihm erklären, daß wir uns ausgespro-

chen haben. Damit hat es sich. Dr. Moder ist froh, wenn er so bald wie möglich in Pension gehen kann. Und wie ich weiß, wäre es ihm ausgesprochen lieb, wenn Sie seine Aufgabe übernähmen. Sie sind ja eingearbeitet. Und – Sie werden erstaunt sein – nach allem, was geschehen ist, sind die Bedenken, die ich bezüglich Ihrer Qualifikation hegte, zerstreut. Auch wenn mir in keiner Weise akzeptabel erscheint, was Sie getan haben, ich hätte Ihnen soviel Findigkeit und Beharrlichkeit nicht zugetraut. Das kann ich auch als Ihr Gegner neidlos anerkennen."
Schon wieder dieser Großmut. Sollte ich jetzt beschämt sein, weil ich nicht neidlos anerkennen mochte, was für ein großartiger Wissenschaftler und Philanthrop Barenyi war?
Er setzte noch einen drauf. „Und wenn Sie in Verhandlungen für den Fachbereich auch nur in ungefähr so gut und schlagfertig argumentieren, wie Sie das heute früh getan haben, soll heißen, wenn Sie Ihre zweifelsohne vorhandenen Fähigkeiten und Ihre Energie in produktive Tätigkeiten investieren, dann bin ich überzeugt, daß Sie eine Menge für uns erreichen werden können."
Was sollte ich dazu sagen? Sollte ich sagen ‚Danke für die Blumen!'?
„Ich hoffe, es wird Ihnen deutlich, daß ich mich bemühe, über den Dingen, die geschehen sind, zu stehen." Das klang sehr verbindlich. Aber dann

wurde Barenyis Ton wieder schärfer. „Verstehen Sie das, was ich gesagt habe, aber nicht als Freibrief für Ihre illegalen Aktivitäten und erst recht nicht als Zeichen der Schwäche. Was ich Ihnen anbiete, gilt selbstverständlich nur, wenn Sie Ihrerseits Vernunft annehmen und sich eines grundlegend anderen Verhaltens befleißigen."
‚Befleißigen' – ich haßte seine Formulierungskünste. Ich schwieg immer noch.
„Sie brauchen jetzt nichts zu sagen, Urbanek. Denken Sie nach. Sprechen Sie mit Ihrer Frau. Sie haben es in der Hand: Krieg oder Frieden. Mir wäre es recht, wenn Sie mein Angebot annähmen. Aber Sie selbst haben am allermeisten Veranlassung, ja zu sagen. Ich fahre morgen mit dem Nachtzug nach Berlin zu einem wichtigen Termin – Sitzung des Sachverständigenrats für Datensicherheit beim Wirtschaftsminister. Vorher, so gegen 19 Uhr, werde ich Sie anrufen. Bis dahin sollten Sie sich entschieden haben." Er legte auf.
Carmen starrte mich an. „Was wollte er?"
Ich konnte es ihr nicht sagen. Nein, ich konnte ihr einfach nicht sagen, was Barenyi mir soeben angeboten hatte und was ich niemals annehmen würde. Sie würde ausrasten, wenn ich ihr sagte, daß ich um keinen Preis, auch nicht um den des Geschäftsführerjobs, bereit war, mich mit Barenyi zu arrangieren. Diesem Schwein würde ich

nicht auch noch bei der Vertuschung seiner Verbrechen behilflich sein, Geschäftsführer hin oder her. Außerdem glaubte ich ihm sowieso nicht.
„Druck wollte er ausüben," sagte ich. „Mich dazu bringen, daß ich all das, was ich über ihn herausgefunden habe, zurückhalte."
„Druck ausüben, wie denn?" fragte Carmen.
„Du weißt doch, daß es für Hochschulstellen eine Befristung von sechs Jahren gibt. Die ist bei mir vor drei Monaten abgelaufen. Der Herr Dekan hat mich dezent daran erinnert, daß die Konsequenz bei mir nur ausnahmsweise noch nicht vollzogen sei. Ich könnte morgen auf der Straße stehen, wenn er nicht ein Auge zudrücken würde, hat er gemeint."
Carmen wußte ja nichts von meiner Suspendierung. Die Vorstellung, daß ich arbeitslos werden könnte, ließ sie in Panik geraten.
„Aber dann tu doch, was er sagt! Es kann doch gar nicht so wichtig sein, was du da gefunden hast, daß du deswegen deinen Job auf's Spiel setzt!"
Ich beschloß, ihr zu berichten, was ich über die Safetech-Aktien in Erfahrung gebracht hatte. Sie hört aufmerksam zu. Daß der Zigeunerbaron abgesahnt hatte, während wir mehr als 160.000 Mark verloren hatten, erboste auch sie. Endlich einmal hatte ich den Eindruck, daß meine Frau nicht mehr auf der Gegenseite stand. Aber als ich

ihr von meiner Absicht erzählte, das Ganze, so wie auch Volker das vorgehabt hatte, zu veröffentlichen, hatte sie kein Verständnis für mich.
„Aber Klaus, glaubst du denn allen Ernstes, daß du etwas gegen Barenyi erreichen kannst? Unser Geld sehen wir ja doch nicht wieder."
„Aufgeben soll ich, das meinst du doch." Ich wurde wieder wütend.
„Klaus, es geht doch um uns und unsere Kinder. Ich bin ja auf deiner Seite. Aber was du vorhast, ist Wahnsinn. Barenyi ist zu stark für uns!"
Sie hatte ja recht. Aber ich konnte jetzt nicht mehr zurück. Alles was mir blieb, war eine letzte Kamikaze-Aktion. Die würde mich zwar endgültig meinen Job in Kaiserslautern kosten, aber sie würde, so hoffte ich, auch den größtmöglichen Schaden bei Barenyi anrichten.

Wir gingen ins Bett. Ich schlief wie ein Toter. Carmen weckte mich nicht, so daß ich am Dienstag erst gegen zehn aufwachte. Ich trank einen Kaffe und machte mich an die Arbeit.
Wie hatte Volker so schön formuliert? ‚Erdrükkende Beweise liegen dafür vor, daß einer der sogenannten Sachverständigen, die sich morgen am 6.6. in Berlin beim Wirtschaftsminister treffen, in eine großangelegte Industriespionage-Affäre verstrickt ist.'

Ich tippte: ‚Erdrückende Beweise liegen dafür vor, daß einer der sogenannten Sachverständigen für Datensicherheit, die sich morgen, am 6.6. in Berlin beim Wirtschaftsminister treffen, im Sommer 2000 in Insidergeschäfte am Neuen Markt verstrickt war.'
Das war nicht gut. Der Zusammenhang stimmte nicht mehr. Datensicherheit und Industriespionage – da gab es eine logische Verbindung. Aber ob jemand am Neuen Markt spekulierte, das war nichts, was unbedingt mit Datensicherheit zu tun hatte. Außerdem ging es um eine Geschichte, die fast ein Jahr alt war – würde das heute noch jemanden interessieren?
Wen würde die ganze Sache eigentlich überhaupt interessieren abgesehen von den paar Safetech-Geschädigten? War das wirklich etwas Relevantes für die bundesdeutsche Wirtschaftspresse, für sämtliche Nachrichtenagenturen, für die Firmen, mit denen Barenyi zu tun hatte?
Langsam kam ich ins Schleudern. Es war nicht so einfach, wie ich mir das vorgestellt hatte. Ich mußte mir eine neue Strategie zurechtlegen. Aber was für eine? Wie und wem konnte ich vermitteln, daß das eine echte Bombe war, die ich da platzen ließ? Was ich da gegen Barenyi vorzubringen hatte, war eben doch mehrere Nummern kleiner als das, womit Volker, wie er geglaubt hatte, den Zigeunerbaron hätte hochgehen lassen.

Ich grübelte und grübelte. Um 15 Uhr war ich noch keinen Schritt weitergekommen. Ich brauchte schon wieder eine Pause, obwohl ich mir diese eigentlich gar nicht leisten konnte. Ich ging in die Küche. Carmen hatte glücklicherweise, bevor sie mit den Kindern weggegangen war, Nudeln mit Tomatensoße gekocht. Gierig schlang ich die Reste hinunter.
Dann begab ich mich wieder an meinen Schreibtisch. Die Zeit verrann, ohne daß ich den Durchbruch geschafft hätte. Ich wurde immer wütender auf Barenyi. Und mehr als alles andere ärgerte ich mich über meine eigene Unfähigkeit.

Der Rest der Familie kam um kurz nach sechs nach Hause. Wir aßen Abendbrot. Dann machte Carmen Pia und Olivia bettfertig. Gleich nach dem Sandmännchen schickte sie die beiden in ihr Zimmer.

Wenige Minuten nach 19 Uhr rief der Zigeunerbaron an. „Na, haben Sie sich entschieden?" fragte er. Er bemühte sich, cool zu wirken, aber es war deutlich zu spüren, wie angespannt er war. Jetzt mußte ich reagieren. Das Vernünftigste wäre es gewesen, sein Angebot zu akzeptieren. Ich hatte viel zu wenig in der Hand gegen ihn. Und ich hatte es nicht einmal auf die Reihe gebracht, das Wenige, was ich hatte, in eine präsentable

Form zu bringen. Aber ich wollte nicht klein beigeben.
„Ich habe mir Ihr Angebot durch den Kopf gehen lassen,“ sagte ich trotzig, „aber ich neige doch eher dazu abzulehnen.“
Ich hörte, wie Barenyi den Atem anhielt. Das hatte er nicht erwartet. Seine Stimme klang messerscharf.
„Das wird Ihnen leid tun, Urbanek. Ich bin nicht sicher, ob Ihnen wirklich klar ist, worauf Sie da zusteuern? Sie werden am Ende sein, Mann. Sie werden hier Ihren Job verlieren und auch anderswo keine Chance mehr haben. Meine Beziehungen reichen weit und es sind viele, die sich nach meinen Empfehlungen richten, beziehungsweise die keinen Menschen einstellen werden, vor dem ich sie eindringlich warne. Im Klartext, Urbanek: Sie werden nicht nur keinen Job in Kassel bekommen und keinen in Erlangen, sondern auch keinen in Passau und erst recht keinen in Graz oder sonstwo auf dem Balkan."
Graz! – er hatte Graz gesagt – mein Kreislauf sackte ab. Graz – woher zum Teufel wußte er das? Graz – das war doch meine ganze Hoffnung!
„Sie sagen nichts, Urbanek“ drang Barenyis Stimme an mein Ohr. „Kleiner Scherz am Rande, das mit dem Balkan. Ich weiß, Graz liegt in Österreich. Aber ich als Nostalgiker der ehemals

k.u.k. Monarchie drücke mich eben gerne mal so aus. Sie sind doch nicht etwa erstaunt, daß ich Bescheid weiß? Glauben Sie, daß nur Sie Informationen sammeln? „Man soll andere nie für blöder halten, als man selber ist“, hat meine Mutter immer gesagt. Und haben Sie selbst es nicht so schön in Bezug auf mich und Ihren Freund Huberti formuliert: irgendwann muß man zur Gegenspionage übergehen? Und mit Verlaub gesagt: ich erhalte meine Informationen auf absolut legalem Wege. Ich zapfe dazu keine fremden Rechner an.“

Ich schwieg immer noch. Ohne die Hoffnung auf Graz waren meine Pläne Makulatur. Urplötzlich kam ich mir ganz klein vor. Der Zigeunerbaron war ein übermächtiger Gegner.

„Urbanek, haben Sie den Ernst der Lage wirklich noch immer nicht begriffen? Wollen Sie denn sehenden Auges in Ihr Unglück rennen? So nehmen Sie doch Vernunft an!“ Die letzten Worte hatte Barenyi fast gebrüllt. Dann wurde er wieder ruhiger: „Ich gebe Ihnen noch fünfzehn Minuten Bedenkzeit. Dann rufe ich Sie vom Bahnhof aus an.“

Es war unglaublich. Er machte tatsächlich noch einen allerletzten Versuch. Er mußte unter gewaltigem Druck stehen. Aber – daran bestand kein Zweifel – meine Lage war noch aussichtsloser.

Da stand ich, das Telefon in der Hand. Mir war, als schwankte der Boden. Es war nicht zu fassen. Graz war dahin. Ich hätte heulen können. Gleichzeitig realisierte ich Stück für Stück, was Barenyi mir angeboten hatte: die Rückkehr aus diesem Wahnsinn zur Normalität. Einfach so weitermachen, wie es bis vor ein paar Wochen gewesen war; einfach vergessen, was geschehen war.

Jetzt erst bemerkte ich, daß Carmen mich anstarrte.

„Was ist denn jetzt?“ fragte sie.

„Barenyi hat mir angeboten, mich zum nächstmöglichen Zeitpunkt zum Geschäftsführer des Fachbereichs Informatik zu machen, falls ich auf gegen ihn gerichtete Aktivitäten verzichte,“ brachte ich tonlos heraus.

„Was sagst Du?“ Carmen schrie diese Worte fast. „Was sagst Du? Geschäftsführer? Bald? Das ist ja der Wahnsinn! Ja freust du dich denn nicht?“

Ich brachte kein Wort hervor.

Sie fiel mir um den Hals. „Klaus, Kläuschen! Mensch, jetzt wird doch noch alles gut. Wir können hier bleiben. Wir können das Haus kaufen. Mensch, das ist ja mehr, viel mehr, als ich zu hoffen gewagt habe.“

Sie redete weiter in ihrer Begeisterung. Ich brauchte gar nichts zu sagen. Was hätte ich auch sagen sollen? Das ich mich auf Graz gefreut hatte wie blöde? Daß ich zum ersten Mal in meinem Leben das Gefühl gehabt hatte, etwas wirklich Sinnvolles und Wertvolles zu machen? Daß ich das jetzt einfach fallen lassen, vergessen sollte? Daß ich mir Marga gegenüber als elender Schwächling vorkommen mußte, wenn ich Barenyis Angebot annahm? Daß ich mich einfach über gar nichts freuen konnte?

Ein Traum war vorbei – leider war es nur ein Traum gewesen, der Traum vom mutigen Klaus Urbanek. Die Normalität hatte mich wieder. Wie grausam!

Carmen blickte mich glücklich an.

„Weißt du, Klaus," sagte sie, „es kommt mir vor, als ob ein schrecklicher Alptraum vorbei wäre. Alles wird wieder normal. Wie schön!"

Was sollte ich antworten?

Scherben bringen Glück

Das Telefon läutete erneut. „Geh du hin!" Carmen nickte mir zu. Freudige Erregung stand ihr ins Gesicht geschrieben wie unseren Kindern vor der Weihnachtsbescherung. Ich nahm ab.

„Nun, Urbanek, haben Sie sich entschieden? Nehmen Sie meinen Vorschlag an?"

Ich sagte ja.

„Das vernehme ich mit Erleichterung und Freude. Es erspart uns beiden mit Sicherheit viel Ärger." Barenyi klang wirklich erleichtert. „Was das weitere Verfahren betrifft: wie Sie wissen, werde ich morgen nicht am Fachbereich sein. Aber ich werde Dr. Moder über die Entwicklung der Dinge in Kenntnis setzen. Frau Graf wird instruiert werden, über das Geschehen der vergangenen Tage keine weiteren Worte zu verlieren. Kommen Sie einfach wie gewohnt zur Arbeit. Wir sehen uns dann in der kommenden Woche. Bis dahin. Adieu!"

Morgen, Mittwoch, der 6. Juni – das hätte Volkers großer Tag werden sollen. An diesem Tag würde ich also wieder „wie gewohnt" zur Arbeit erscheinen, während der Zigeunerbaron in Berlin Bedeutsames zum Thema Datensicherheit vortragen würde.

Carmen stand glückstrahlend vor mir. Es dauerte einige Zeit, bis sie realisierte, daß ich nicht ebenso glücklich war. Sie schob es kurzerhand auf meine Krankheit.

„Du bis ja völlig kaputt," meinte sie. „Laß uns ausschlafen. Morgen feiern wir dann richtig. Geh nur schon vor ins Schlafzimmer. Ich komme gleich hoch. Ich rufe nur noch kurz Paps an, um ihm die gute Nachricht mitzuteilen. Der wird sich was freuen!" Und sie stürzte davon.

Ich schleppte mich mühsam nach oben in das Schlafzimmer, in dem ich seit Tagen – es kam mir vor wie seit Monaten – nicht mehr geschlafen hatte. Ich setzte mich auf's Bett.
Dann stand ich wieder auf und stellte ich mich vor den großen Spiegel, mit dem ich Carmen vor vier Jahren eine Riesenfreude zu ihrem dreißigsten Geburtstag gemacht hatte. Ich schaute mich an. Unrasiert, Ringe bunter den Augen, schäbige, verknitterte Kleider – nein, es war kein schöner Anblick.
Ich schaute dahinter – was ich sah, war noch viel schlimmer. Ich hatte ja gesagt, ich hatte mich und Volker verraten, ich war zu Kreuze gekrochen. Klaus Urbanek, der Kämpfer für Wahrheit und Ehrlichkeit war eine Illusion gewesen. Vor mir stand Klaus Urbanek, der Feigling, der Käufliche, der Verräter. Ich hob die Faust und schlug meinem Konterfei ins Gesicht. Der Spiegel splitterte, die Hand schmerzte.

„Was ist denn jetzt passiert? Huch, du blutest ja." Carmen stellte das Tablett mit den zwei Sektgläsern ab. „Laß sehen. Ist es schlimm?" Sie untersuchte die Wunde. „Na ja, es sieht wohl wilder aus, als es ist. Warte, ich hole dir ein Pflaster!" Sie eilte ins Bad und kam zurück, um die kleine Schnittwunde zu versorgen.

„Mach dir nichts draus!“ tröstete sie mich. „Heute bringen uns die Scherben ganz besonders viel Glück!“

ENDE

Inhalt

Dienstfahrt mit Lilien 5
Marga 15
Datenklau 21
Zukunftspläne 42
Opernrätsel 61
Kulturpaps 73
Marga zum Zweiten 78
Mozart und Strauß 81
Wanderung zur Weltachs 95
Schweine 104
Schatzkiste 109
Ungarn-Connection 113
Telefontrick 129
Gesetzeswidrig 143
Wiederholungstäter 157
Trojanisches Pferd 167
Showdown im Morgengrauen 177
Rachegedanken 199
Friedensangebot 205
Scherben bringen Glück 217

Schon früh fiel **Dietrich Lauter** (Jahrgang 1951) dadurch auf, daß er sich mit gleichem Eifer praktischen Angelegenheiten wie der Kaninchenzucht und geistigen wie dem Auswendiglernen von Gedichten zuwandte. Später faszinierten ihn Latein und Religion ebenso wie Mathematik und Physik. In Tübingen studierte er dann Mathematik (unvollendet) und in Mainz Theologie (vollendet). Durchaus folgerichtig landete er dann an einer technischen Universität und bemühte sich dort als Studierendenpfarrer um die Förderung geisteswissenschaftlichen Tiefgangs bei Informatikern, Elektrotechnikern und vergleichbar schwierigen Fällen.

Die Deutsche Bibliothek – CIP-Einheitsaufnahme

Lauter, Dietrich:
tod@informatik / Dietrich Lauter. – Köthen : Micado-Verl., 2002
ISBN 3-931891-16-X

ISBN 3-931891-16-X

Gesamtherstellung Micado GmbH
Printed in Germany

info@micado-verlag.de
www.micado-verlag.de